Das Berührungsparadies
Theo Reingusch

Theo Reingusch

Das Berührungsparadies

Gesellschaftskritischer Erotikroman

1. Auflage
© 2015 Theo Reingusch

Herstellung und Verlag:
BoD – Books on Demand, Norderstedt

ISBN 978-3-73475-217-9

Bibliografische Information der Deutschen Bibliothek

Die Deutsche Nationalbibliothek verzeichnet diese Publikation in der Deutschen Nationalbibliografie; detaillierte bibliografische Angaben sind im Internet über www.dnb.de abrufbar

Inhalt

1	Gran Canaria	7
2	Maneva	21
3	Vorbereitungen	31
4	Die Eröffnung	55
5	In der Villa	61
6	Das Tagebuch	115
7	Die neue Qualität einer Beziehung	131
	Das Maneva-Leitbild	133
	Nachwort	135
	Autor und Feedback	137

1
Gran Canaria

Die Koffer standen im Flur bereit. Der letzte Kontrollgang durch ihre schöne Wohnung förderte gerade noch ein gekipptes Schlafzimmerfenster zutage, und schon klingelte der Taxifahrer an der Tür. Es ging zum Flughafen, Destination Gran Canaria. Dass keines ihrer beiden inzwischen erwachsenen Kinder, Lea und Christian, sie begleitete, war eine Premiere. Lea wohnte bereits seit einem Jahr bei ihrem Freund. Und Christian, der in Zürich sein Physikstudium begonnen hatte, vergnügte sich mit ein paar Kollegen auf Mallorca, wohl auf der sprichwörtlichen Suche nach dem Ferienabenteuer. Das erste Mal seit mehr als 20 Jahren nur mit Marc zu verreisen, weckte in ihr ein sonderbares Gefühl. Es war eine Mischung aus Wehmut und Leichtigkeit. Kaum zu glauben, dass ihr Nachwuchs nun schon so selbstständig war. In diesem Moment ging es ihr wohl wie allen Eltern, die bedauerten, wie beängstigend schnell die Zeit vergeht.

Im Gepäck mit dabei führte Diana einen längeren Beitrag, den sie in einer Zeitschrift für gesellschaftliche Fragen kürzlich gelesen hatte. Die zehn Tage dauernden Ferien waren die ideale Gelegenheit, um mit Marc über ein ganz bestimmtes Thema zu reden. Das hatte sie sich vorgenommen, und sie freute sich darauf. Diese Gespräche würden vielleicht das Ende jener Frustration von Marc einleiten, die – sollte Diana ihr Gefühl nicht total in die Irre geführt haben – wohl die grösste und dauerhafteste Frustration war, die ihr Partner erleiden musste: an die abendländischen Normen der Monogamie gebunden zu sein. Eine Frustration, die vielleicht weiter zurück reichte als bis zum Tag, an dem sie sich das Jawort gegeben hatten. Immerhin waren sie damals bereits gute drei Jahre zusammen.

Diana hatte schon seit Jahren beobachtet, wie Marc unter der Situation, dem Verzicht auf sexuelle Kontakte mit anderen Frauen, litt. Sie redeten kaum darüber, wohl ahnend, dass es früher oder später aufbrechen würde.

Diesen längeren Fachartikel zum Thema Paarbeziehungen hatte sie in einem angesehenen Magazin entdeckt. Der Beitrag hatte sie nicht nur tief beeindruckt, sondern vor allem sehr nachdenklich gestimmt. Unter dem Titel »Schluss mit dem Versteckspiel – Aufklärung der anderen Art« – zeigte er aus der Sicht des Mannes auf, welches kaum erträgliche Ausmass des Leidens dieser in einer mehrjährigen monogamen Beziehung in Kauf nehmen muss.

Die zentralen Botschaften des Beitrages liessen sich etwa auf den folgenden Nenner verkürzen:
– Die Natur hat den Mann nicht für die Monogamie geschaffen. Diese ist unnatürlich, aufgrund der Dimension der Entbehrung geradezu unmenschlich. Männer werden durch unser westliches, erst seit 1761 existierendes Partnerideal der absoluten Treue letztlich um den grösstmöglichen Lebensgenuss betrogen.
– Frauen empfinden im Bereich der Sexualität fundamental anders als Männer. Die Unterschiede zwischen Frau und Mann werden dabei durch Erziehung und

Umwelt wohl mitgeprägt. Die Hauptursache liegt indessen in der unterschiedlichen biologischen Rollenteilung.
– Der Mann geht nicht fremd, weil seine Partnerin etwas falsch gemacht hätte, sondern, weil der Urtrieb ihn dazu mit einer kaum zu kontrollierenden Macht drängt.
– Frauen leiden unter dem Ausbruch des Mannes oder dem Verlangen danach vor allem deshalb, weil sie es zu Unrecht auf sich selbst zurückführen. Der eine oder andere Suizid von Mädchen und Frauen liesse sich durch Aufklärung vermeiden.
– Religion und Kirche üben seit Jahrhunderten einen fatalen Einfluss auf die Sexualität aus und sind Generationen von Menschen vor einem erfüllten Sexualleben gestanden.
– Diese Erkenntnisse müssen weder zur totalen sexuellen Freiheit als Normalmodell noch zur Auflösung des modernen Familienmodells führen. Doch ebenso wenig bietet die sexuelle Nulltoleranz eine Grundlage für langfristig tragfähige Paarbeziehungen. Zwischen totaler sexueller Freiheit und Nulltoleranz existieren zahlreiche praktikable Zwischenstufen.
– Frauen, die um die Not des Mannes und die Zusammenhänge wissen, verhalten sich selbstbezogen, wenn sie auf dessen totalem Verzicht auf Fremderfahrungen bestehen.
– Manche Ehe liesse sich retten, manche Beziehung überhaupt erst ermöglichen, würden diese Zusammenhänge offen thematisiert und das westliche Treuegebot kritisch hinterfragt.
– Die stark polygame Neigung des Mannes muss in das Bewusstsein der Frau und unserer Gesellschaft als

Ganzes eindringen. Dies zum Schutz beide Geschlechter, von Frauen und Männern.

– Diese Gedanken sind sinngemäss auch auf jene Frauen zu übertragen, die es ähnlich stark zu fremden Partnern hinzieht wie Männer.

Die sehr tiefgründige und ebenso sachlich geschriebene Abhandlung hatte ihr noch deutlicher vor Augen geführt, was sie eigentlich seit Jahren wusste. Ihre Erfahrungen aus früheren Beziehungen, die Beobachtung ihres Partners, aber auch die überdeutlichen Signale aus den meist flüchtigen, oberflächlichen Gesprächen mit Marc, nun ergänzt durch diesen Fachartikel, liessen nicht den geringsten Zweifel zu: Er litt darunter, sich seit über 20 Jahren auf eine einzige Frau beschränken zu müssen, ungemein. Zwar hatte er ihr das nie direkt und in dieser Klarheit gesagt. Aber immerhin gehörte er zu jener Spezies von Männern, die nicht nein sagten, wenn sie ja meinten. Auch dann nicht, wenn dies unangenehme Folgen haben mochte.

Diese Ehrlichkeit hatte sie an ihm immer besonders geschätzt. Dass er auch andere Frauen attraktiv fand und sich von ihnen angezogen fühlte, hatte er nie verschwiegen. Und Andeutungen, vordergründig meist scherzhaft, dass es ihn reizen würde, auch wieder einmal die Hände einer anderen Frau an sich zu spüren, hatte es immer wieder gegeben. Die Signale waren eigentlich deutlich genug. Die Frage, wie schwer der Verzicht auf Fremderfahrungen ihm denn tatsächlich fiel, hatte sie ihm jedoch nie gestellt. Allzu genau hatte sie dies auch gar nie wissen wollen. Es war wie es war. Sie waren sich treu, und das war in ihren Augen auch gut so. Nichts anderes hatte sie je gehört, als dass Treue, insbesondere auch sexuelle Treue, richtig und wichtig war in einer Beziehung.

Hatte sie zu lange damit zugewartet, das Thema, sein offensichtliches Leiden, offen anzusprechen? Oder wäre das ohnehin sein Part gewesen? Wollte er das vielleicht gar nicht, würde es ihm unangenehm sein?

Die Bäume entlang der Autobahn leuchteten um die Wette. Das satte Grün der Nadelbäume wechselte sich ab mit dem intensiven Gelb, dem zarten Orange und dem dunklen Rot der sich vom Sommer verabschiedenden Laubbäume – es war schon Ende Oktober. Dass sie nun keine Rücksicht mehr nehmen mussten auf die Schulferien ihrer Kinder, erlaubte nicht nur billigeres Reisen. Es bedeutete auch mehr Platz an den schönen Stränden der kanarischen Inseln, die sie bereits kannten und schätzten.

War sie egoistisch über all die Jahre, oder war sie vielmehr im Recht, wo sie sich doch vor dem Altar nicht nur das Jawort gegeben, sondern sich ewige Treue – auch sexuelle Treue – geschworen hatten? Nein, mit dieser Haltung würde sie es sich zu einfach machen. Viel zu einfach sogar. Weder sie noch Marc glaubten an das, was die kirchliche Lehre zum Thema sagte. Und dass die westliche Gesellschaft mit ihren Verhaltensnormen und Gesetzen sehr stark auf ebendiese Lehre abstellten, war ebenso klar.

Dass bei Männern Liebe keine Voraussetzung für Sex war, ja zu viel Nähe, Vertrautheit und Geborgenheit die Lust im Gegenteil dämpfen konnten, davon war sie inzwischen auch überzeugt. Dazu hätte es den Artikel nicht gebraucht. Vermutlich war es – wie im Beitrag gemutmasst – tatsächlich vor allem die unterschiedliche biologische Rollenteilung, der Auftrag an die Männer, sich möglichst vielfach zu vermehren, der diesen Sexualtrieb und den starken Wunsch nach Abwechslung auslöste. Der Autor führte in diesem Zusammenhang den sogenannten »Xeno-Partner-Attraktions-Faktor« an, der bei manchen Männern so stark sein solle, dass die Unterdrückung seines Verlangens nach Fremderfahrungen bis zu einer Persönlichkeitsveränderung führen könne.

Dem hielt Diana zu ihrer Entlastung entgegen, dass der jahrzehntelange Einfluss der kirchlichen Lehre eben nicht nur zur Unterdrückung der natürlichen Triebe beim Mann führte, sondern auch bei der Frau – auch bei der gesellschaftlich offenen Frau – seine Folgen zeitigte. Der dauernde Appell unserer Moralgesellschaft, sich »treu« zu sein, prägte sich vor allem bei der Frau tief ein, ob bewusst oder unbewusst. Fast schon penetrant stilisierten die Drehbücher nicht nur der Schnulzen unter den Filmen Treue zum zentralen Wert, der quasi mit einer Naturkonstante gleichzusetzen sei. Die Folge: In unserer Gesellschaft bedeutete das Wort Fremdgehen ungefähr so viel wie Charakterlosigkeit, auch heute noch.

Dafür, dass dieses lebenslange Einhämmern sexueller Gebote und Verbote wohl auch bei den meisten Frauen ihre Spuren hinterlassen hatte, konnte Diana ja nun wirklich nichts. Auch wenn sie nicht erst seit diesem Artikel wusste, dass ihre innere Reaktion falsch war – der Gedanke, dass Marc es mit einer anderen Frau tun würde, führte bei ihr unweigerlich zur Frage, ob sie ihm denn nicht gut genug sei oder was sie falsch gemacht hätte.

Genau dieser Gedanke, dieser Trugschluss, war ja das Fatale an der christlichen Erziehung, an unserem westlichen Modell, das, wie sie durch den Artikel erfahren hatte, in dieser Form überhaupt erst seit etwa 250 Jahren existierte. Bis dahin wurden Liebe, Sex und Familie offenbar während Jahrtausenden mehr oder weniger unabhängig gelebt. In unserer heutigen Gesellschaft würden Frauen den »Fehler« für das Ausbrechen des Mannes häufig bei sich selber suchen, was zu viel unnötigem Leid, bis hin zum Suizid, führte. Dabei hätte der Drang des Mannes zum Fremdgehen meist am allerwenigsten mit seiner Partnerin zu tun.

Inzwischen sassen sie bereits in der geräumigen Boeing, vor ihnen noch drei oder vier Maschinen, bevor sie selber auf die Startbahn einschwenken würden. Sie wusste, wie gerne Marc diese Starts mochte – im Gegensatz zu ihr, die auf Flügen noch immer etwas mit dem Druck in den Ohren zu kämpfen hatte. Auch nach den wohl mehreren Hundert Gelegenheiten, die er dazu vor allem in seinem Berufsalltag schon gehabt hatte, waren es für ihn immer noch besondere Momente. Sie nahm seine Hand, um ihm anzudeuten, dass auch sie sich auf die Reise freute, ungeachtet ihrer Flugscheu. Und vor allem liebte sie diese Tage des dolce far niente, das Sich-gehen-lassen, Dinge nicht tun zu müssen, sondern tun zu dürfen. Sie beide mochten es ganz besonders, wenn sie dies, wie auch jetzt wieder, damit verbinden konnten, die kalte Jahreszeit abzukürzen, die inzwischen angebrochen war. Darin waren sie und Marc sich sehr ähnlich.

Mit dem Druck beim Steigflug kam sie diesmal gut zurecht, besser denn je zuvor, freute sie sich. Marc klappte seine Sitzlehne ein wenig zurück und schloss seine Augen. Ein Zeichen, wie gut es ihm in diesem Moment ging. Es war der richtige Zeitpunkt und die passende Umgebung, um sich wieder auf ihr Thema einzulassen, das sie seit einiger Zeit so sehr beschäftigte.

Die eine Stelle des Beitrags, wo es um mögliche Lösungen des Konflikts ging, liess sie nicht mehr los. Die zentrale Botschaft war hier, einen Weg zu finden, der weder in totaler sexueller Freiheit noch in der Nulltoleranz bestand. Als besonders interessanter Mittelweg wurde dabei die Tantra-Massage erwähnt, eine erotische Massage, ausgeführt durch eine darin ausgebildete Masseurin, bei welcher der Mann passiv bleibt. Das würde im Grunde ganz hervorragend passen, hatte sie doch noch bei keinem Partner ein so grosses Lustpotenzial wie bei Marc erlebt, das alleine mittels Berührungen zu aktivieren war. Und es waren ja nicht gerade wenige Begegnungen vor ihm, auf denen ihre Beobachtung gründete. Immerhin war sie schon 23, als sie ihn kennengelernt hatte. In der heutigen Zeit musste man ja wirklich kein Schmetterling sein, um in diesem Alter schon einiges an Erfahrungen gesammelt zu haben, beschwichtigte sie sich selber.

Diana hatte es sich bequem gemacht in ihrem Liegestuhl und genoss das Schauspiel der Wellen, das sie einmal mehr faszinierte. Marc lag um einige Meter versetzt im Schatten einer Palme, während sie der Sonne noch ein paar Minuten gewähren wollte, ihr die erste

Bräune auf die Haut zu zaubern. Das Hotel, die Anlage und der Strand waren genauso schön wie im Prospekt angepriesen. Sie hatten eine gute Wahl getroffen.

In Gedanken wieder in ihr Thema versunken, nippte sie an ihrer erfrischenden Pina Colada. Sie erinnerte sich an den Aufruf, den der Autor in seinem Beitrag an die Leser gerichtet hatte, sie sollten sich – nach einer realistischen Einschätzung der Ausgangslage und nötigenfalls mit viel Bedacht – an ihre Partnerinnen und Partner wenden, um Wünsche, Frustrationen und Lösungsmöglichkeiten offen und ehrlich zu besprechen. Und sie kam zum Schluss, heute, bereits am zweiten Tag ihres Aufenthaltes, sei der richtige Moment, um Marc den Artikel zum Lesen zu geben, den sie in ihre Badetasche gepackt hatte. So hätten sie viel Zeit, um sich darüber auszutauschen. Sie konnte ihm nahelegen, den Beitrag erst mal eine Weile auf sich wirken zu lassen, wie auch sie es getan hatte. Er sollte sich dazu seine Meinung bilden. Vor allem aber: Er sollte keine Hemmungen haben, sich ihr zu öffnen, was seine sexuellen Bedürfnisse und Sehnsüchte betreffe. Einiges wusste sie ja schon – durch frühere Gespräche mit ihm und natürlich aufgrund ihrer Beobachtungen.

Etwas Mut kostete sie es schon, diesen Schritt zu tun, würde es doch vielleicht den Beginn einer veränderten Beziehung zwischen ihnen bedeuten. Doch just im Moment, als ihre Hand in die Tasche glitt, um den Artikel zu greifen, entdeckte sie, dass Marc eingeschlafen war. Ihre Nervosität begann sich zunächst nochmals zu legen, als ihr plötzlich ein irrwitziger Gedanke kam, der ihren Körper wie ein Blitz durchfuhr. Ihr Herz raste auf einmal, als hätte sie soeben einen Sprint hingelegt.

Und so schien es ihr auch: Die Eingebung versetzte sie in eine ganz andere Position. Und dass es der Zufall war – Marcs Nickerchen –, der ihr diese Chance bot, trug mit zu ihrer Aufregung bei.

Sie würde Marc mit einem Geschenk der ganz besonderen Art überraschen, ohne mit ihm vorher auch nur ein Wort darüber gewechselt zu haben. Die Idee reifte in diesem Moment in Diana heran, ihm nicht nur einen Gutschein für eine Erotik-Massage zu überreichen, sondern diese Massage für ihn zu arrangieren und ihm dies auf eine besonders originelle Art zu eröffnen. Hier meldete sich eine andere Stelle des Beitrags zurück, die besagte, der Mann würde der Frau etwas Toleranz in dieser Hinsicht wohl danken, wie kaum etwas, was sie für ihn bisher je getan hatte. Bei allem Verständnis, das jeder normale Mensch für die Ängste der Frau haben musste: War es nicht genau das, was Liebe ausmachte – dem geliebten Menschen Dinge zuteilwerden zu lassen oder zu ermöglichen, die ihn glücklich machten?

Doch gesetzt den Fall, sie würde diesen Schritt, den sie sich noch vor wenigen Tagen nicht hätte vorstellen können, tatsächlich tun und ihm einen Gutschein für eine erotische Massage überreichen – wie genau würde sie dies angehen? In diesem Umfeld kannte sie sich ja nun wirklich nicht aus. Allerdings liesse sich dieses Defizit in der Zeit des Internets wohl einfach beseitigen. Und sich nur mal zu informieren, bedeutete ja noch nichts. Also nahm sie sich genau dies vor. Mit der Aussicht, vielleicht bald etwas gegen die sexuelle Frustration von Marc unternehmen zu können, fühlte sie sich freier, nahm das Buch zur Hand, das sie als Urlaubslektüre mit dabei hatte und begann darin zu lesen.

Nachdem die beiden während der ersten Tage ausreichend Abstand vom Alltag und von den Belastungen ihrer anspruchsvollen Jobs gewonnen hatten, nutzte Marc den guten Wind, seinem Hobby zu frönen, dem Surfen. Er hatte es gut drauf und mochte es, sich weit vom Ufer wegtragen zu lassen. Diana hatte ihre anfängliche Angst vor diesen Ausflügen während der Jahre verloren. Sie konnte sich währenddessen in Ruhe über ihr Projekt Gedanken machen und ihre Fantasie auf Reisen schicken. Dabei fiel ihr gerade jene Aussage im Fachartikel ein, während Jahrzehnten gelebte Monogamie könne für den normalen Mann einer sexuellen Folter gleichkommen. Diese Extremposition hatte sie aufs Erste zwar entschieden abgelehnt. Doch so sicher war sie sich in diesem Moment nicht mehr.

War diese Ablehnung nicht einfach nur Selbstschutz gewesen? Wie gefährlich es war, das sexuelle Empfinden der Frau auf den Mann zu übertragen, wusste sie zwar schon lange bevor sie Marc kennen gelernt hatte. Und doch ertappte sie sich immer wieder dabei, wie sie letztlich genau dies tat. Da sie es sich nicht vorstellen konnte, mit einem fremden Mann mir nichts dir nichts im Bett zu landen, war es ihr nicht möglich, dieses Verlangen des Mannes auch nur ansatzweise nachzuempfinden und damit zu verstehen. Im Artikel wurde dazu der interessante Vergleich mit einem Depressiven gezogen, in dessen Lage und Fühlen sich niemand, auch nicht der Psychologe, hineinzuversetzen vermag, der die Abgründe der Depression nicht selber an Leib und Seele erfahren hatte.

Gegen Ende ihres Aufenthalts auf der schönen Insel, auf dem Rückweg von einem gemeinsamen Schnorchelausflug zu einem schönen Korallenriff, ergriff Diana Marcs Hand und drückte diese besonders kräftig, wie sie es schon lange nicht mehr getan hatte. Sie wollte ihm damit symbolisch ihre innere Ruhe übertragen, die sie inzwischen gefunden hatte. Der fragende Blick, den er ihr darauf zuwarf, passte zu seiner Unwissenheit, was ihn in nicht allzu ferner Zukunft erwarten würde.

Ihr Urlaub war sehr angenehm und erholsam gewesen. Das spanische Ambiente, die prächtige Hotelanlage, das All inclusive Angebot mit dem äusserst reichhaltigen Buffet, wie sie es so sehr liebten – alles genau nach ihrem Geschmack. Loszulassen von den Kindern, zum ersten Mal überhaupt für eine so lange Zeitspanne, war Diana leichter gefallen, als sie befürchtet hatte. Es mochte sogar seinen Teil zur Entspanntheit beigetragen haben.

Diana hatte sich in diesen Tagen leichter gefühlt als seit vielen Jahren. Sie hatte den Eindruck, ihre gedankliche Öffnung hätte sich in irgendeiner Weise auch auf Marc übertragen. Das hing vielleicht auch damit zusammen, dass sie, deutlicher als bis anhin, während dem Sex die eine oder andere ironische Bemerkung zum Thema Lust auf fremde Frauen gemacht hatte. Dass ihr Tonfall dabei nicht mehr wie früher vor allem ein Verbotssignal war, sondern mehr Leichtigkeit und Erotik darin lag, mochte Marc bemerkt haben. Nach bald 25 Jahren hatte sich zwischen den beiden ein feines Gespür für solche Nuancen entwickelt. Und dass die Ganzkörpermassage, die sich Marc auch in diesem Urlaub gegönnt hatte, jeweils mehr mit der erotischen Wirkung als mit Körperentspannung zu tun hatte, war den ungezwungenen Neckereien sowohl vor als auch nach der Massage wie nie zuvor unzweideutig zu entnehmen gewesen. Ja, die Massage sei wiederum sehr schön gewesen, doch auch diese Masseurin hätte offenbar Alzheimer, sprich: die wichtigste Stelle vergessen. Sie hatten beide von Herzen gelacht. »Es ist allerdings wesentlich einfacher gewesen, über diesen Aussetzer hinwegzusehen als damals in der Toscana, wo ich ohne Slip und vor allem ohne Tuch, das mich da unten abgeschirmt hätte, massiert worden bin« meinte er mit viel Schalk in den Augen.

Beim Gedanken an diese Wortspielereien erfasste sie ein ganz merkwürdiges Gefühl. Ihr wurde mit einem Mal bewusst, welchen Verzicht das letztlich unnatürliche Auslassen einiger weniger Zentimeter des männlichen Körpers offenbar bedeuteten. Sollte Marc seine Lust auf ausserehelichen Sex tatsächlich allein mit Berührungen durch fremde Hände zu einem guten Teil befriedigen können, dann würde es ihr leidtun, ihm während mehr als zwei Jahrzehnten vor dieser Erfahrung gestanden zu haben. Dann konnte sie es sich nicht verzeihen, mit ihm nicht schon vor Jahren gemeinsam nach Wegen gesucht zu haben, die die Anliegen und Empfindungen beider in Rechnung stellten. Seine zahlreichen Signale waren wohl nichts anderes als ein lauter Hilfeschrei, ein Flehen, doch bitte auch auf seine männlichen Bedürfnisse Rücksicht zu nehmen. Bei diesem Gedanken kam sie sich kleinlich vor und empfand diese Verbotshaltung als ungerecht und egoistisch.

Es war schon sehr spät für eine Korrektur, doch vielleicht nicht zu spät. Dass es auch modernen Frauen sogar in der heutigen Zeit nicht leicht fiel, ihre durch westliche Werte geprägte Kinderstube auszublenden, musste schliesslich auch ihm klar sein. Und trotzdem: Es waren der Gelegenheiten und der Signale von Marc viele, sehr viele über die Jahre. Sie hätte den Zustand nicht so lange aufrechterhalten dürfen. Sie ärgerte sich in diesem Moment darüber, dass es des Artikels dieses Fremden bedurfte, um zu dieser Erkenntnis zu gelangen.

Es führte nicht weiter, sich über Verpasstes zu ärgern. Was zählte, war der Blick nach vorn. Sie hatte jetzt die Gelegenheit, sich für die Geduld zu revanchieren, die Marc hatte aufbringen müssen und wohl auch aufbrachte. Denn sie ging davon aus, dass er Fremderfahrungen, sollte er, etwa während einer seiner Geschäftsreisen nach Barcelona in einem schwachen Moment mit etwas Alkohol im Spiel, welche gemacht haben, nicht für sich behalten hätte. Diese Ehrlichkeit schätzte sie ja auch so sehr an ihm.

Sie hatte nun also die feste Absicht, ihre »Revanche« zu planen und diese zu einem ganz besonderen Geschenk werden zu lassen. Zu einem Geschenk, an dem sogar sie selber ihren Gefallen finden würde. Die eigene Freude hatte dabei vor allem damit zu tun, Marc beweisen zu können, dass sie ihm nicht leichtfertig vor einem halbwegs natürlichen Umgang mit seiner Männlichkeit gestanden hatte. Schuld daran trug in erster Linie die westliche Kultur, gepaart mit dem fundamental unterschiedlichen sexuellen Empfinden der Frau.

2
MANEVA

Wie vermutet, brachte die Internetrecherche auf Anhieb eine geradezu enorme Fülle an Treffern zum Thema Erotik- und Tantramassagen. Was sie hier zu sehen bekam, gefiel ihr allerdings mehrheitlich nicht, wirkte zu schmuddelig. Doch bald schon stiess sie auf ein interessantes Portal, das nicht einfach nur Erotikmassagen auf die übliche, billige Art anpries. Es handelte sich hier um eine Adresse, die sich genau »ihrem« Thema widmete und ein sehr differenziertes Angebot umfasste, das besonders auch auf die Probleme der Frau Rücksicht zu nehmen schien. Offenbar hatten einige clevere Geschäftsleute das Potenzial entdeckt, das unsere »kirchlich inspirierte Misere« in Sachen Sexualität – so sah Diana die Sache gesellschaftlich inzwischen – produziert hatte.

Maneva, wie das Portal bzw. das Unternehmen dahinter sich nannte, bot ausschliesslich Massagen an und schloss jegliche Art von weitergehenden sexuellen Handlungen aus. Es richtete sich vornehmlich auch an Paare, die mit dem Problem der Männersexualität konfrontiert waren. Beratungsdienste für Frauen und Paare sollten dabei vor allem der Frau helfen, ihre Scheu vor einer Erotikmassage an ihrem Partner zu verlieren. Der Aufbau des Portals machte einen ausgesprochen seriösen und glaubwürdigen Eindruck. So brachte Maneva in seinem Leitbild etwa zum Ausdruck, »die erotische Massage in unserer Kultur zu einem voll anerkannten Teil des Lebens« machen zu wollen. Für dieses Ziel setzte sich das Unternehmen »in allen Lebensbereichen, Schichten und Altersstufen aktiv ein.« Auch dass Management und Trägerschaft des Unternehmens sich mit Fotos präsentierten, hob das Angebot angenehm von anderen Erotikdiensten ab.

Der Katalog an Dienstleistungen war sehr umfassend und differenziert. Einige der Ideen hatten es sogar Diana selber angetan, auch wenn diese naturgemäss vor allem auf Männer zugeschnitten waren. Zum Beispiel die Möglichkeit, bei einer Massage zuzuschauen – aus Kabinen mit einseitig durchsichtigem Fenster, mit oder ohne Ton. Die Masseurin und der Gast wussten dabei natürlich um die Tatsache, und letzterer wurde für seine Einwilligung mit einer substanziellen Ermässigung beim Tarif entschädigt. Wollte er unerkannt bleiben, schnappte er sich eine der originellen Maneva-Masken, bevor er den Massageraum betrat.

Diese Vorstellung turnte auch Diana selber an, die sich bis anhin ja nun wirklich nicht zum Voyeurismus hingezogen gefühlt hatte. Die innere Reaktion auf dieses Angebot – eine nicht eben geringe Erregung – liess sie erschaudern. Dies wiederum verstärkte ihren Groll auf die puritanisch orientierte Gesellschaft, die sich in ihrer Verbotsmentalität seit Jahrhunderten so selbstbewusst gebärdete.

Diesen Service bot der Dienstleister unter anderem zögernden Frauen an. Frauen, die sich schwertun damit, ihrem Partner eine Ganzkörpermassage »inklusive« zuzugestehen – durch eine Frau ohne Alzheimer also, wie Diana innerlich schmunzelte.

Der erste Schritt für Diana würde darin bestehen, das für Frauen und Paare kostenlose Erstgespräch in

Anspruch zu nehmen, welches die speziell dafür eingerichtete Maneva-Beratungsstelle anbot. Alles Weitere würde sich danach sicher einfacher entscheiden und steuern lassen. Und ein solches Gespräch würde schliesslich noch gar nichts bedeuten, auch nicht einen Vorentscheid, ihren Plan in die Tat umzusetzen, machte sich Diana Mut. Das Unternehmen war ausserdem an der Peripherie von Basel angesiedelt und somit in weniger als einer halben Stunde zu erreichen. Also: jetzt oder nie!

Es fiel ihr leichter als erwartet, den Hörer in die Hand zu nehmen und die merkfähige Nummer einzutippen. Kaum drei Minuten später stand der Gesprächstermin fest. Durch die Assistentin nach ihrer Motivation für das Gespräch gefragt, machte sie klar, dass sie nicht zu der Sorte Frauen zählte, die sich mittels psychologischer Hilfe erst noch überwinden mussten. Sie verzichtete deshalb auf das Angebot, dass neben der Geschäftsleiterin von Maneva – Eva – auch eine Psychologin mit dabei sein würde, wie das offenbar nicht selten der Fall war.

Diana war angespannt und etwas nervös, als sie das moderne Gebäude betrat, in dem Maneva untergebracht war. Würde sich der positive Eindruck, den ihr das Internet-Portal und der kurze telefonische Kontakt vermittelt hatten, bestätigen? Der Empfang durch die beiden adretten Damen am Empfang war freundlich und professionell. Sie war angekündigt und wurde ohne Verzug in das Büro der Geschäftsleiterin, Eva, geführt. Es handelte sich dabei um einen sachlich eingerichteten, freundlichen Raum mit modernem Mobiliar. Dieser wirkte zwar nüchtern, aber keineswegs kühl.

Die beiden nahmen am kleinen runden Besprechungstisch Platz und tauschten zunächst einige Freundlichkeiten aus. Diana fand ihre Frage schon nach wenigen Minuten beantwortet: Die Frau und das Unternehmen machten auf sie einen überaus seriösen, vertrauenswürdigen Eindruck und strahlten viel Professionalität aus. Bei der Konzeption und Umsetzung schienen Leute am Werk gewesen zu sein, die wussten, was sie wollten, und die dabei viel Wert nicht nur auf das physische, sondern auch auf das psychische Wohl des Menschen legten.

Das Gespräch mit Eva war sehr entspannt. Sie unterhielten sich über die Grundsätze und Services des Maneva, über Konditionen und wie das mit der Buchung vor sich gehen würde. Diana informierte Eva über ihre Motivation für das Gespräch, darüber, wie sie durch einen Beitrag in jener Zeitschrift eine neue Sicht auf die Probleme von Männern in einer festen Beziehung erhalten habe. Es lag in der Natur der Sache, dass sie Eva nicht von ihrer neuen Haltung in Sachen Männersexualität überzeugen musste. Doch Evas Aufmerksamkeit war ganz eindeutig nicht einfach nur gut gespielte Höflichkeit. Ihre Fragen und Kommentare machten klar, dass ihr hier eine Frau gegenüber sass, dessen Mission es war, Frauen zu helfen, in ihrer Beziehung ein grundlegendes Problem zu lösen. Und wenn es noch einer Bestätigung bedurft hätte, dass Diana diesen Weg gehen würde, gehen musste und vor allem, dass sie dies auch wollte, dann hatte sie diese in dem Gespräch nun auf eindrückliche und überzeugende Weise erhalten.

Doch nun wollte Diana natürlich vor allem wissen, welche Möglichkeiten sich für das geplante Geschenk an Marc boten. Sie stellte dabei klar, dass es nicht einfach nur der Gutschein für eine einstündige klassische Tantra-Massage sein sollte, sondern etwas ganz Besonderes, von dem sie aber noch nicht wusste, was denn genau. Sie offenbarte auch, dass sie der auf der Website so anschaulich vermittelte Zuschauer-Service nicht kalt gelassen hatte. Eva packte diese Gelegenheit beim Schopf und lud Diana ein – als weitere Einstimmung auf ihr »Geschenkprojekt« –, kostenlos beim »Fensterlen«, wie sie es intern liebevoll nannten, mitzumachen. Eine Minute später war der Termin dafür gesetzt.

Gegen Ende des rund dreissig Minuten dauernden Gesprächs bot sich Diana noch die Gelegenheit, mit dem Initiator, Hauptaktionär und Verwaltungsrats-Präsidenten des Maneva einige Worte zu wechseln. Dass er den Anstoss für diese ungewöhnliche Dienstleistung – sie meinte nicht die Massage als solche, sondern das Setting als Ganzes mit dem Einbezug der Partnerinnen – aus der eigenen Betroffenheit mit dem Thema bezog, erstaunte sie nicht. Im Gegenteil: Alles andere hätte sie überrascht. Reto meinte, seine Frustrationsphase reiche allerdings in die Zeit zurück, als die beiden noch kein Paar waren. »Hätte ich Eva schon früher gekannt, wären mir diese Probleme erspart geblieben«, fügte er mit einem neckischen Lachen hinzu.

Zum Schluss zeigte Eva Diana noch zwei der insgesamt sieben Massagezimmer – die anderen wurden zurzeit benutzt. Die beiden Massageräume waren ganz unterschiedlich gestylt, der eine in fernöstlichem Ambiente, der andere eher modern und nüchtern. Beide jedoch sehr sauber, gepflegt und einladend. Und beide mit dazugehörigem kleinem Badezimmer. Der in allen Details liebevoll gestaltete asiatische Raum verfügte über einen Fouton, der andere war westlich eingerichtet und mit einer Massageliege ausgestattet. Auch hier zeigte sich, wie meilenweit entfernt Maneva vom schmuddeligen Image war, das solchen Etablissements üblicherweise anhaftet. Der moderne Raum war auch gleich jener mit der Voyeur-Funktion, die Diana somit ebenfalls bereits näher kennenlernen konnte. Es handelte sich um drei zweckmässig-nüchtern aufgemachte, abschliessbare Kabinen, die jeweils zwei Personen bequem Platz boten. Natürlich hatte sie einen Termin gebucht, bei dem sie ausser Eva keine weiteren Personen antreffen würde.

Diana war gespannt darauf, was sie erleben würde, als sie beim Eingang des Maneva-Gebäudes zum zweiten Mal klingelte. Wie mochte sie ihre Rolle als »Spannerin« wohl empfinden? Wie würde sie innerlich reagieren? Würde es sie erregen? Würde Scham eine Rolle spielen, oder war sie über solche Regungen inzwischen hinweg? Und welche Wirkung mochte die Vorstellung auf sie haben, anstelle des Fremden wäre es Marc, der die Massage erhalten würde?

Wenig später schon betraten sie und Eva eine der Voyeur-Kabinen, die sie mittlerweile ja kannte. Das Licht des Massageraumes, den sie diesmal geschützt durch die Scheibe hindurch betrachtete, war angenehm gedimmt. Der Raum strahlte eine gediegene, wohlige

Atmosphäre aus. Der Lautsprecher sei eingeschaltet, liess Eva sie mit stark gedämpfter Stimme wissen, als ob sie der beim letzten Besuch gelobten guten Schalldämmung nicht wirklich vertrauen würde.

In diesem Moment betraten der Mann und eine sehr schlanke, grossgewachsene Blondine den Raum. Die Frau war nicht nach Marcs Geschmack, soviel wusste Diana auf den ersten Blick. Das dann folgende Prozedere war kaum anders, als sie es von Ganzkörpermassagen gewohnt war: Der Kunde entledigte sich der Kleider, legte sich mit der Brust nach unten auf die Liege, und die Masseurin begann damit, zunächst seinen Rücken zu massieren.

Eva nahm an, Diana würde sich kaum für die ganze Dauer der einstündigen Massage Zeit nehmen wollen. Sie hatte deshalb dafür gesorgt, dass ein Gast anwesend sein würde, der den erotischen Teil der Massage über die ganze Dauer verteilt und nicht erst am Ende haben mochte. Die Fügung liess es einen jener Männer sein, die – eigentlich entgegen den Empfehlungen von Maneva – mehr als einmal zum Abschluss kommen wollten. Es dauerte denn auch nicht lange, bis es zur Sache ging, der Mann die wesentliche Seite nach oben beförderte und sowohl optisch als auch akustisch unmissverständlich zum Ausdruck brachte, wie sehr er mochte, was an ihm geschah. Nach kaum fünf Minuten schon hatte er den ersten Gipfel erklommen. Danach folgte für längere Zeit ein klassischer Part der Massage, der Beine und Arme erfasste. Die Masseurin machte ihren Job sehr professionell. Dass sie eine Ausbildung in Massage erhalten hatte, wie dies für alle Maneva-Masseurinnen Pflicht war, schien hier offensichtlich.

Diana stellte sich derweil Marc an der Stelle des Mannes vor und freute sich darüber, dass ihr der Gedanke nicht das Geringste anhaben konnte. Wie schon damals in ihrer Vorstellung beim Besuch der Maneva-Website, erregte sie dieses Schauspiel nicht wenig. Natürlich hatte die Anwesenheit Evas eine dämpfende Wirkung auf ihre Emotionen.

Nach einer halben Stunde verliessen die beiden den Raum und überliessen den Mann und die Masseurin dem verbleibenden Massageprogramm. Diana erfuhr noch, dass diese Einrichtung nicht selten durch Frauen benutzt wurde, die bei der ersten Massage mit eigenen Augen überprüfen wollten, ob die Maneva-Grenzen während der Massage ihres Partners auch wirklich eingehalten würden. Nicht jeder Mann empfände dies im Übrigen als eine Minderung seines Genusses, im Gegenteil: Manche turne diese Vorstellung sogar an, wie sie aus Gesprächen wisse. Aber auch alleinstehende Männer in der Rolle von Spannern seien häufig hier. Diese würden besonders mögen, dass sich die Kabinen von innen abschliessen liessen, um die Gunst des Anblicks »für ihre eigenen Zwecke« zu nutzen. Das leichte Schmunzeln, das Eva bei Diana daraufhin entdeckte, drückte eher Verlegenheit als Erheiterung aus.

Nicht im Geringsten erstaunt war Diana darüber, dass die seltenen Fälle, in denen Frauen umgekehrt Männer bei der Massage zuschauen liessen, total ausgebucht seien und hohe Zuschauerpreise ermöglichten. Dafür gäbe es eine Warteliste mit mehreren Monaten Vorlaufzeit, meinte Eva mit einem Anflug von Männerverachtung in ihrer Stimme.

Anschliessend teilte Diana Eva in ihrem Büro ihre Eindrücke mit. Über die positive Wertung der gepflegten und professionellen Dienstleistungen von Maneva freute sich Eva verständlicherweise sehr. Sie tauschten noch einige Gedanken über das weitere Vorgehen im »Fall Marc« und zu dessen Vorlieben aus und machten den nächsten Gesprächstermin in einer Woche zur selben Zeit aus, diesmal bei Diana. Ausserdem wusste Diana nun, mit welchen Kosten sie für Evas Unterstützungsleistungen rechnen musste. Bis dahin waren ihre Begegnungen noch ohne Kostenfolge gewesen.

Marc und Diana waren zwar nicht wohlhabend, aber sie konnten sich Dinge, die ihnen am Herzen lagen, auch dann leisten, wenn diese etwas mehr kosteten. Und dieses »Projekt« lag ihr sogar sehr am Herzen. Marc verdiente als Abteilungsleiter in einem erfolgreichen Engineering-Konzern gut, und sie steuerte als Teilzeitbeschäftigte in einem Grafikdesign-Unternehmen massgeblich zu ihrem kleinen Wohlstand bei. Für diese Überraschung durfte sie also gerne auch etwas mehr auslegen als für irgendein 0815-Geschenk.

3
Vorbereitungen

Angeregt durch einen äusserst real wirkenden erotischen Traum, der noch bis weit in den Tag hinein ausstrahlte, brachte Dianas sprichwörtliche Fantasie eine ganze Reihe kreativer Ideen für prickelnde erotische Erlebnisse hervor. Sie fand inzwischen Gefallen daran, ihrem Marc die Erfahrung – oder auch viele Erfahrungen – so einmalig und unvergesslich wie nur möglich zu machen. Das tat sie vor allem aus Liebe zu ihm. Es hatte aber auch nicht wenig – so viel Ehrlichkeit war sie sich schuldig – mit dem unguten Gefühl zu tun, das ihre jahrelange Verweigerungshaltung hervorgebracht hatte.

Eine der durch den Traum inspirierten Ideen bestand in einem Striptease-Raum, den man privat buchen konnte. Beim gemeinsamen Besuch, den die Frau ihrem Partner schenkte, würde sich die Stripperin dann aus heiterem Himmel an ihm zu schaffen machen und ihn auffordern, sich auszuziehen. Sie stellte sich Marcs Verblüffung vor, wenn sie ihm nach seiner anfänglichen Gegenwehr eröffnen würde, dass er sie ruhig gewähren lassen solle ...

Der erste frühe Schnee, der an diesem Tag zu einigen Verkehrsproblemen führte, konnte Eva nichts anhaben. Sie hatte dies offensichtlich einkalkuliert, denn sie erschien exakt zur vereinbarten Zeit. Die beiden hatten inzwischen so etwas wie ein besonderes Vertrauensverhältnis entwickelt. Eva hatte alle Unterlagen mit dabei, die für die Zusammenstellung der Services oder die Entwicklung neuer Ideen hilfreich sein konnten. Diana legte besonderen Wert darauf, Marc möglichst viel eigenen Entscheidungsspielraum zu belassen. Zwar kannte sie seine Vorlieben nach all den Jahren ziemlich gut, glaubte sie jedenfalls. Doch ungeachtet dessen – in das Fühlen, insbesondere das sexuelle Empfinden, in die Fantasiewelt des Mannes, konnte sich eine Frau letztlich nie wirklich versetzen, auch nicht annähernd. Es sollten somit möglichst viele Anregungen, Ideen und Optionen bestehen, aus denen er wählen, die er aber auch ergänzen oder umstossen konnte. Soviel war schon mal klar, und auch Eva fand das gut so.

Diana liess sich zunächst im Einzelnen nochmals über die Angebote informieren, auch wenn sie einen guten Teil davon durch mehrfaches Studium des Maneva-Leistungskataloges bereits kennengelernt hatte. Die Dienstleistungen des Unternehmens waren in drei Bereiche gegliedert.

Da war zunächst der Bereich *Business*. Dieser umfasste in etwa die üblichen Massagedienste: Man buchte eine Stunde oder auch mehr einer bestimmten Art von Massage, auf Wunsch mit einer favorisierten Masseurin, und bekam diese Massage in den sehr gediegenen Räumen von Maneva »verpasst«. Ein kurzes Vorgespräch mit der Masseurin war Teil des Angebots. Gegen einen kleinen Aufpreis konnte man zusätzlich Einfluss nehmen auf den genauen Ablauf, gerade auch, was die Eröffnungsphase betraf, auf die Hintergrundmusik, die Kleidung der Masseurin, die Auswahl und die Beleuchtung des Raumes sowie einige weitere »Accessoires«. Diese Möglichkeiten liessen sich alle auch direkt auf der interaktiven, gut aufgebauten Website von Maneva voreinstellen und buchen. Einschliesslich der Freigabe des bereits erwähnten Voyeur-Modus mit der entsprechenden Preisermässigung. Die Preise waren auch alles andere als günstig, schon eher ziemlich gehoben.

Maneva Agora sodann umfasste ein ganz besonderes, freches und innovatives Angebot, für das eine eigene Lokalität mit dem vielversprechenden Zusatz *Paradise of Touch* aufgebaut worden war. Der Kunde, in diesem Fall praktisch ausschliesslich Männer, bekam die Dienstleistung in einer von zahlreichen Kabinen verabreicht, die in einem Kreis angeordnet waren. Um diesen herum war ein Restaurantbetrieb der mittleren Preisklasse eingerichtet, der Teil des Maneva-Angebots war. »Schreckt denn diese Kombination von Restaurant und Sex nicht gleich beide Arten von Kunden ab?« wollte Diana wissen. »Genau um diese unmögliche Moral zu durchbrechen, haben Reto und ich beschlossen, diesen Weg zu gehen und das Risiko bewusst in Kauf zu nehmen.« entgegnete Eva. »Ein wichtiger Bestandteil des Maneva-Leitbildes ist ja gerade, die Erotikmassage von ihrem Negativ-Image zu befreien. Und ausserdem können die Kabinen von der anderen Strassenseite auch ganz diskret erreicht werden, ohne das Restaurant betreten zu müssen. Zum Glück sind aber immer mehr Kunden bereit, unsere Grundsätze mitzutragen und sich offen zum Genuss von Feinmassagen zu bekennen.«

Die Anordnung der Kabinen, die Eva ihr auf einem Prospektbild zeigte, hatte Ähnlichkeiten mit dem in der Schweiz vor Jahren bekannten Stützli-Sex. Diana hatte davon in ihrer Jugendzeit gehört. Bei jenem System, das inzwischen verschwunden war, konnte man einen Franken in einen Geldschlitz stecken, worauf der Blick für einige Momente auf eine sich hinter dem Fenster räkelnde nackte Frau freigegeben wurde. Der Service, der bei der Einführung Ende der siebziger Jahre für Aufruhr und Empörung im ganzen Land gesorgt hatte, lieferte die Grundidee für Maneva Agora. Der Service war allerdings sehr viel raffinierter und natürlich vor allem nicht beschränkt auf optische Reize. Es war ein überaus differenziertes System, bei dem Mann über einen Touch Screen sowohl seine Wünsche bekannt geben als auch die auf dem Bildschirm gezeigten verfügbaren Damen auswählen konnte. In der Kabine, in die sich die gewählte Frau vom Zentrum des Kreises her hinein begab, befanden sich einige optische und mechanische Einrichtungen, wie sie nur die erotische Denke von Männern hervorbringen konnte.

Es ging ihr zu weit, alle die teils sehr originellen Möglichkeiten und Optionen im Detail zu studieren, aber Diana war tief beeindruckt von dieser Erfindung, auch wenn das nichts war, was eine Frau sich wünschen würde. Sie war jedoch überzeugt davon, dass Marc an diesem prickelnden System grossen Gefallen finden würde. Bestimmt mehr als an der eher sterilen Massage auf der Schragen-ähnlichen Liege oder dem Futon, und mochte sie auch noch so gut ausgeführt sein. Wahrscheinlich wäre das für ihn ein *wahrer* Traum, um seine Begierden und Sehnsüchte auszuleben. Dass er dies später dann auch ausprobieren würde, war für Diana absolut in Ordnung. Doch für ihr Geschenk war es nicht das Richtige. Schliesslich sollte es etwas wirklich ganz Besonderes sein, nicht einfach nur der Gutschein für den Bezug einer schon verfügbaren Dienstleistung. Sie fühlte sich deshalb einzig im Bereich *Maneva Personal* richtig aufgehoben.

Bei diesem auf die individuellen Bedürfnisse des Kunden ausgerichteten Service schliesslich war im Rahmen der Maneva-Grundsätze praktisch alles möglich. Es handelte sich von der Grundidee her um eine Art Escort-Service. Allerdings auch da auf einer ganz anderen, viel gediegeneren Ebene. Das ergab sich schon daraus, dass hier nicht konventioneller Sex mit Geschlechtsverkehr angeboten wurde, sondern die Handlungen auf Berührungen begrenzt blieben. *Maneva Personal* bedeutete gemäss Maneva-Anspruch: »... durch den Kunden eigenständig oder mit der kreativen Unterstützung von Maneva entwickelte Begegnungsszenarien, die so gut wie alles zulassen, was gesetzlich erlaubt ist und sich innerhalb der Maneva-Maximen bewegt«. Die Maneva-Grundsätze: kein Geschlechtsverkehr, keine Berührungen der Intimstelle der Frau, keine Zungenküsse und in der Regel keine orale Befriedigung. Eine kleine Auswahl aus den teils wirklich originellen Ideen, die im Maneva-Katalog und auf der Website unter Maneva Personal aufgeführt waren:

- Gemeinsames Nachtessen mit der Masseurin – vor oder nach der Massage.
- Wochenende oder Kurzferien mit einer der Damen, wobei diese nach einem Vorab-Treffen das Recht hatte, den Begleitservice abzulehnen.
- Als Geschenk durch die Partnerin gedacht: Masseurin besucht den Mann zuhause, ohne dass er davon etwas weiss. Möglichkeit 1: Die Begegnung findet ungestört statt, während die Partnerin auswärts weilt. Möglichkeit 2: Die Masseurin kommt als Überraschungsbesuch vorbei und schliesst sich dem Paar an, das mit den Intimitäten bereits begonnen hat.

Der Aufzählung der Möglichkeiten folgte der deutliche Hinweis, es handle sich dabei um Anregungen, und der Kunde möge seine eigene Fantasie unbedingt in das Design seiner Maneva-Erfahrung einbringen. Und so würde es in Dianas Fall auch kommen.

In den folgenden Wochen arbeiteten Diana und Eva eng zusammen. Sie verstanden sich hervorragend und kommunizierten auf einer Wellenlänge. Eva kam auf Retos Ursprung für die Idee mit dem Service zurück – seine eigene Frustration. »Er hat versucht, diesen Frust damit zu verarbeiten, was ihm offenbar auch sehr gut gelungen ist. Er hat dabei das Glück gehabt, dass ich in diesen Dingen schon immer recht offen war. Allerdings kennen wir uns erst seit vier Jahren. In seinen früheren Beziehungen steckte er im selben Dilemma wie die meisten gebundenen Männer.« Reto habe es natürlich sehr genossen, als »erster Tester« für die zahlreichen Services in den unzähligen Variationen zu fungieren. »Er konnte auf diese Weise seine sexuellen Fantasien ohne schlechtes Gewissen und ohne nennenswerte Kosten so richtig ausleben – natürlich auch er innerhalb der Grenzen, die wir dem Maneva aus Überzeugung auferlegt haben. «

»Bist du manchmal auch eifersüchtig auf diese Erfahrungen?« wollte Diana wissen. Ihr Nein schien nicht gespielt. »Sicher hat er zur einen oder anderen Frau auch eine gewisse Nähe aufgebaut. Doch das geschieht schliesslich auch in anderen Arbeitsverhältnissen. Und im Übrigen bin ich ja genauso als Testerin engagiert – für die Dienstleistungen der wenigen beschäftigten Männer und für jene Damen, die auch Damen massieren«, fügte sie mit einem vielsagenden Grinsen hinzu.

Diana wollte wissen, ob sie diese Rolle als Testobjekt denn auch mochte. Eva deutete die Art, wie sie dies fragte, richtig: Sie zählte zu den Frauen, die Erotik nur in Verbindung mit persönlicher Zuneigung geniessen konnten – oder wollten. Doch Eva liess mit ihrer Antwort keine Zweifel zu: »Ja, ich mag diesen Job gerade auch wegen dieser Rolle. Reto ist zwar durchaus feinfühlig. Doch die Art von Zärtlichkeit, wie sie sich Frauen wünschen – ausgedehnt und mit Leidenschaft ausgeführt, nicht einfach nur als unvermeidliches Vorspiel, um zum Ziel zu kommen – ist nicht die Sache der Männer. Da macht sich manche Frau etwas vor. Ich schätze es, Berührungen ohne Wenn und Aber geniessen zu dürfen, eine halbe Stunde, eine Stunde oder auch mehr. Und in dieser Hinsicht bin ich absolut privilegiert.« Nicht immer würde sie den Intimbereich freigeben, wie sie sich ausdrückte. Das hänge von der Situation und davon ab, wie sympathisch ihr der Masseur oder die Masseurin sei. Selten liesse sie dies bei einem neuen Mitarbeiter schon beim ersten Mal zu. Sie seufzte noch, wie schade es doch sei, dass nicht mehr Frauen von dieser Möglichkeit Gebrauch machen würden. Diana zweifelte keinen Moment daran, dass sie dies nicht in erster Linie wegen des geschäftlichen Potenzials so sehr bedauerte.

Diana erfuhr in den Gesprächen auch, dass die Dienste der Beratungsstelle mehrheitlich durch Paare, recht häufig auch durch Männer, in Anspruch genommen wurden. Auch hier würden Frauen sich selten anmelden, beklagte Eva. Dass sie somit die Ausnahme war, erfüllte Diana mit einiger Genugtuung. Sie gehörte zu den wenigen Frauen, die es geschafft hatten – oder besser, die es schaffen wollten –, über ihren eigenen Schatten zu springen. Und mehr noch: Sie war nicht hierhergekommen, um sich erst einmal über die Möglichkeiten zu informieren, um dann vielleicht einen kleinen Schritt zu tun. Nein, sie war fest entschlossen, für Marc im Rahmen von Berührungen das vielleicht speziellste, aufregendste und schönste Erlebnis zu arrangieren, das er sich vorstellen konnte. Und Maneva war dazu der ideale Partner, mit dem sie sich verschwören konnte und auch wollte. In diesem Augenblick war sie gerade mächtig stolz auf sich, und sie spürte, wie stark sie diese Emotion ergriff.

Diana brachte in den teils mehr als eine Stunde dauernden, Workshop-artigen Gesprächen, die einmal bei Maneva, ein andermal bei ihr zuhause, bisweilen auch draussen in der Natur stattfanden, eine ganze Menge an kreativen Ideen ein.

Besonders gut gefiel Eva der Vorschlag, Aufenthalte in schlossähnlichen Gebäuden und Villen anzubieten. Diana dachte dabei besonders auch an passende Orte im nahegelegenen Frankreich. »Ich weiss noch, wie Marc mir vor Jahren eine seiner Fantasien offenbarte. Er begegnete einer in schwarz gekleideten Französin in einem verschlafenen französischen Dorf und erhielt eine Feinmassage erster Güte. Ich habe von dieser Vorstellung während einer heissen Nacht erfahren, die wir auf einer Frankreichreise in einem idyllischen französischen Nest verbrachten. Ich konnte diese Fantasie gut nachvollziehen und fand sie sogar ziemlich prickelnd.« Diana meinte, man könnte doch versuchen, eine alte Villa zu mieten, um so etwas einmal auszuprobieren. Oder Maneva könnte seine Aktivitäten vielleicht auch permanent auf das nahe gelegene Frankreich ausweiten und einen Teil des Geldes in den Kauf eines passenden Objektes investieren. Vielleicht würde dabei auch die Kombination eines Restaurantbetriebes mit den Maneva-Dienstleistungen gut ankommen, diesmal für die Business und Personal Dienste.

Eva war begeistert von Dianas Kreativität und meinte, halb im Scherz, halb ernst, sie würde sie gerne als beratendes Organ in das Team aufnehmen. Definitiv ernst gemeint war das Angebot, im Rahmen des Marc-Projektes einige dieser neuen Ideen und Services an ihm gleich auszuprobieren und die Dienste dafür mit einer grosszügigen Preisermässigung zu versehen.

Einige Wochen später war die Zusammenarbeit soweit gediehen, dass das Wochenende, das sie für das Experiment vorsahen, für Diana bzw. Marc ganz ohne Kostenfolgen sein sollte. Das war natürlich grossartig und freute sie sehr. Auch so war es ja noch ein im besten Sinne des Wortes fantastisches Geschenk, würde man sowohl den gewährten Freiraum als auch die grosse Energie und den Zeitaufwand in Betracht ziehen, den Diana schon bis dahin investiert hatte.

Im Verlauf der Zusammenarbeit hatte Diana ihre frühere Skepsis und Abneigung gegenüber jeglicher ausserehelichen Erotik mehr und mehr abgelegt. Sie fühlte sich jetzt frei und fand sogar Gefallen am Entwickeln immer ausgefallenerer Fantasien.

Die beiden stellten auf der Basis des Maneva-Kataloges und Dianas weiterer Ideen ein Programm zusammen, das Marc sehr gefallen würde, dessen waren sich beide sicher. Der eine oder andere Entscheid fiel ihr dabei allerdings nicht leicht. Sie war eine Frau, die sich nur sehr bedingt in die erotische Welt eines Mannes hineindenken konnte, 25 Jahre Partnerschaft hin oder her.

Die grösste Herausforderung, ja eine eigentliche Knacknuss, war zweifellos die Auswahl der Mädchen, die sie im Rahmen ihrer Vorbereitungsarbeiten treffen wollten. Ihr Plan sah vor, dass sie aus den Maneva-Masseurinnen jene zwei Frauen bestimmten, die Marcs Geschmack am nächsten kommen würden. Doch wie sollten sie aus den rund 30 Frauen genau jene beiden identifizieren, die er selber wählen würde? Jede von ihnen war auf ihre Art attraktiv. Doch es gab unter ihnen – hier kannte sie Marc gut genug – mit Sicherheit grosse Unterschiede, was seine Vorlieben betraf. Sie wusste recht gut Bescheid, worauf er bei einer Frau in Bezug auf ihr Äusseres Wert legte: Sie sollte auf keinen Fall gross sein, am liebsten 1.60 oder gerne auch kleiner, mit dunklen Haaren, bevorzugt mit fremdländischer Exotik. Dabei war sie sich allerdings nicht sicher, ob er etwa Latinas asiatischen Frauen vorziehen würde. Er mochte schlanke, aber nicht dünne Frauen, erwartungsgemäss gerne mit ordentlich Busen, im Zweifelsfall aber lieber etwas kleiner als hängend, im Idealfall mit grossen Höfen.

Unter den 30 Frauen befanden sich mindestens ein halbes Dutzend, die ihm bestimmt ausgezeichnet gefallen würden. Daraus nun selber zwei zu benennen, war Diana aber nicht gut genug. Es sollten exakt jene sein, für die Marc sich selber entscheiden würde, hätte er die Gelegenheit dazu. Was also lag näher, als ihm genau diese Gelegenheit zu bieten? Doch das war einfacher gesagt als getan. Wie sollten sie ihm die rund zehn Frauen, die in Dianas Einschätzung in Frage kommen könnten, denn zur Auswahl vorlegen, ohne dass er ihre hinterlistige Absicht erkennen würde?

Die Auswahl der Masseurinnen beschäftigte die beiden noch während mindestens zwei Stunden. Vom fiktiven Katalog mit Badekleidern zur Modenschau bis hin zur Studie, bei der Männer auf deren Vorlieben analysiert wurden, wälzten sie alle möglichen und unmöglichen Optionen. Nichts davon überzeugte sie. So würde etwa die Modenschau kaum glaubwürdig daherkommen, waren die Frauen seiner Präferenz dafür doch deutlich zu klein – ganz abgesehen von den Kosten und der Herausforderung der Organisation. Doch am Ende hatte Eva die geniale Idee: »Wir laden jeweils alle Angestellten vor Weihnachten zu einem Geschäftsessen ein. Das Lokal für dieses Essen in zwei Wochen ist schon reserviert. Komm doch mit Marc an diesem Abend einfach in dieses Restaurant.« Eva würde sicherstellen, dass die in Frage kommenden Frauen alle in Richtung ihres Tisches blicken würden – Tischkärtchen sei Dank.

Die Reservation der passenden Tische besprachen sie bei einem Mittagessen in besagtem Restaurant mit dem Inhaber. Evas Sorge, wie sie ihrem Mann denn die Favoritinnen entlocken wollte, konnte Diana mühelos ausräumen. Marc und sie hatten sich schon immer offen über Frauen und Männer ausgetauscht, die sie attraktiv fanden. Es war also ein Leichtes, ihn auf die richtige Fährte zu führen, ohne dass er Verdacht schöpfen würde. Wie sollte er auch – dass sie eine solche Konstellation gezielt konstruiert hatten, lag ja nun wirklich ausserhalb jedes Vorstellungsvermögens. Diana bestätigte das Selbstlob, das Eva daraufhin äusserte: Ja, die beiden Frauen waren wahrhaftig ein sehr gutes Team!

Während dieses »Organisations-Essens« kam von Eva noch ein Vorschlag, den Diana zunächst einmal verarbeiten musste: »Willst du dir zur Einstimmung nicht zunächst selber eine Massage gönnen? Ich biete dir diese kostenlos an, unter der Voraussetzung, dass du einen Bericht dazu erstellst, den wir für unsere PR einsetzen können. Der Bericht kann anonym bleiben, wenn du möchtest. Du kannst damit auch gleich die eine oder andere exotische Idee selber ausprobieren, die dich reizen würde.« Evas geschäftsmässiger Gesichtsausdruck liess keinen Zweifel daran, dass dieser Vorschlag absolut ernst gemeint war. Diana bedankte sich für dieses verlockende Angebot, mochte aber nicht spontan zusagen.

Es dauerte noch eine ganze Weile, während der Diana mit sich rang: »Ich tue es, ich tue es nicht, ich tue es ...«. Dass Marc nichts gegen eine solche Erfahrung durch sie einzuwenden hätte, dessen war sie sich sicher. Vor einigen Jahren liess er sie sogar einmal wissen, ein Video unter dem Weihnachtsbaum, auf dem sie mit einem anderen Mann zu sehen wäre, sei eine der aufregendsten Fantasien, die er sich vorstellen könne. Damals fühlte sie sich verletzt und zweifelte an seiner Liebe. Heute war sie aufgeklärter, hatte schon einiges gelesen und gehört über Männerfantasien und sah das ziemlich entspannt. Diese Erinnerung und der Umstand, dass das »Weihnachtsessen mit verdecktem Auftrag« inzwischen als voller Erfolg abgebucht war, machten ihr den Entscheid leichter: Sie würde es tun.

Eines war für sie klar: Sie wollte von einer Dame massiert werden. Sie ging davon aus, dass das Feingefühl einer Frau grösser war als jenes von Männern. Und sie fühlte sich beim Gedanken an Frauenhände auch bedeutend wohler. Von den beiden Frauen, die Marc ohne sein Wissen zu seinen Masseurinnen ernannt hatte, gefiel ihr die Latina auch selber ganz besonders. Und vor allem: Sie gehörte zum Kreis jener, die sowohl Herren als auch Damen massierten. Das war bei etwa jeder dritten Frau der Fall, wie der Website zu entnehmen war.

Eva hatte ihr noch von einer anderen Möglichkeit vorgeschwärmt: von der 4-Hand-Massage, ausgeführt durch zwei Frauen oder auch durch ein Paar. »Das ist für jeden, der das noch nicht kennt – ob Mann oder Frau –, eine schlicht unbeschreibliche Erfahrung. Überlege dir das wirklich gut.« Diana kam jedoch zum Schluss, diese Reize könnten sie beim ersten Mal überfordern. Ausserdem würde sie, sollte sie die Massage geniessen, ganz gerne noch eine Steigerungsmöglichkeit haben.

Das Thema führte Eva zu einem ihrer wichtigsten Argumente, warum unser verklemmtes System mit Sicherheit nicht im Sinne aufgeklärter Menschen sein könne: »Den Genuss einer 4-Hand-Massage deswegen nicht erleben zu können, weil es verboten sein soll, dass eine zweite Frau beim Mann oder auch umgekehrt Hand anlegt, ist doch komplett absurd.« »Man könnte die Rollen ja so aufteilen, dass die Partnerin die Intimstelle, die zweite Frau die übrigen Körperteile befriedigt«, entgegnete Diana. Eva hatte darauf natürlich die passende Antwort: »Es gibt eben Frauen, die bereits

Mühe damit haben, dass eine andere Frau ihren Partner nackt – und dann noch erigiert – sehen kann.« Die Art, wie sie dies sagte und ihre Mine verrieten, dass nun etwas ganz Besonderes folgen musste.

Eva berichtete von einem Pilotversuch mit einer Dienstleistung, bei welcher der Intimbereich durch passend geformte Stellwände für die Masseurin verdeckt war, so dass nur die Partnerin den Zugang zu dieser heiligen Stelle hätte. Beide lachten laut und herzhaft und wussten, dass dieses Lachen auch eine genüssliche Verhöhnung unserer Verbotsgesellschaft zum Ausdruck brachte. Noch nicht aus dem Lachen heraus, ergänzte Eva: »Den Raum komplett abzudunkeln oder der Masseurin eine Augenbinde zu verpassen, ist ja wohl auch nicht die ideale Lösung.« Das Gelächter der beiden schwoll erneut an.

Nun wieder ernsthafter meinte sie, sie hätten die Idee bald wieder fallen lassen, und zwar aus zwei Gründen. So würde eine solche Einrichtung die Handlungsfreiheit der Frauen und damit den Genuss des Mannes doch erheblich schmälern. Darüber hinaus seien Frauen, die eine solche Schutzmassnahme wirklich nötig hätten, kaum potenzielle Kunden des Maneva. In den Beratungsgesprächen habe sich dies bestätigt: Praktisch keine der Frauen hätte bisher Probleme damit gehabt, dass eine Masseurin ihren Partner sehen würde. Die von Diana angeregte Rollenteilung hingegen – die Partnerin berührt ihn an der Intimstelle, die Masseurin beschäftigt sich mit dem »Rest« – habe sich als sanfter Einstieg in die Maneva-Erotikmassage schon mehrfach sehr gut bewährt. In aller Regel sei diese Einschränkung dann mehrheitlich schon bei der zweiten Massage fallen gelassen worden – natürlich sehr zur Freude der betroffenen Männer! Meist hätten die Partnerinnen dann auch bereits genügend Vertrauen zu ihrer Institution, um ihre Partner alleine dahin ziehen zu lassen.

Und nicht selten liesse eine Frau ihren Partner sogar schon beim ersten Mal alleine hingehen, obwohl sie eine Dreiersession gebucht hatten. Sie würde sich dann meist nur Stunden vorher dazu durchringen, ihre Kontrollfunktion fallen zu lassen. Sie schreibe dies auch der Tatsache zu, dass zwischen den Gesprächen und der Massage in der Regel einige Wochen, häufig auch Monate lägen, während deren sich die Frauen an den Gedanken gewöhnen konnten, »dass auch einmal andere Hände das beste Stück ihres Geliebten zwischen die Finger bekommen«, wie sie sich salopp ausdrückte.

Dianas Frage, ob diese lange Zeit dazwischen auch an der hohen Auslastung des Maneva liegen würde (die Vorstellung, dass Marc nun, wo sie soweit war, noch Monate auf seine Erlösung warten sollte, machte sie etwas nervös), bestätigte Diana nur teilweise. Nicht ohne Stolz berichtete sie, wie die Buchungszahlen ununterbrochen, Monat für Monat, steigen würden und sie trotz intensiver Suche nach weiterem Personal der Nachfrage kaum standhalten könnten. Vor allem dann, wenn ein Mann oder auch dessen Partnerin auf eine bestimmte Frau fixiert war, könne es schon ein paar Tage oder auch mal zwei bis drei Wochen dauern, bis sich ein Termin finden liesse. »Es gibt natürlich schon einige Favoritinnen, die sehr gerne gebucht werden« meinte sie. »Wenn die Zeit jedoch drängt, dann findet sich meist eine Lösung, entweder durch Umbuchung oder dadurch, dass unsere flexiblen Mädchen bei einem

‚Notfall' auch einmal ausserhalb ihrer geplanten Arbeitszeiten ‚Hand anlegen'« schmunzelte sie. »Nein, der Hauptgrund für diese Zeitspanne liegt darin, dass viele Paare sich nochmals Zeit nehmen, um sich über die Bedürfnisse, Konsequenzen und Risiken der Öffnung auszutauschen. Ausserdem haben die Männer ja meist während vieler Jahre darauf verzichtet, ihren Trieben nachzugeben. Und so empfinden nicht wenige diese Phase davor als besonders schöne Zeit, in denen sie ihren Fantasien freien Lauf lassen können.«

Es war schon erstaunlich, welche Bedeutung die Psychologie im Bereich der Sexualität hatte, dachte sich Diana. Psychologie war hier wohl mehr als nur die halbe Miete.

Etwas nervös war Diana schon, als sie die Räume des Maneva diesmal mit einer ganz anderen Aussicht betrat als bei den bisherigen Gelegenheiten. Zwar hatte sie schon mehrmals Ganzkörpermassagen genossen, in der Regel ebenfalls durch Frauen ausgeführt. Doch das hier war natürlich etwas anderes. Sie wusste zwar, dass sie es war, die bestimmen würde, ob und wieweit die Massage auch ihre Intimstelle einschliessen sollte. Doch wie würde sie mit dieser Freiheit umgehen? Liesse sie am Ende vielleicht Berührungen in einer Art zu, wie sie es im Nachhinein bereuen würde? Es war schon unglaublich, wie sehr sie trotz ihrer Offenheit noch immer von der Erziehung der 70er- und 80er-Jahre geprägt war und beim Gedanken an solche Berührungen Schamgefühle entwickelte. Und dies, obwohl ihre Eltern nicht streng gläubig, sondern in gesellschaftlichen Fragen offen und tolerant waren. Deshalb konnte sie »puritanisch erzogene« Frauen verstehen, die im Bereich der Sexualität verklemmt waren. Aber bestimmt auch andere persönliche Hintergründe würden es manchen Frauen besonders schwer machen, loszulassen und ihren Partnern sexuelle Freiheiten zuzugestehen. Das professionelle Beratungsangebot von Maneva betrachtete sie in diesem Zusammenhang als sehr hilfreich.

Letztlich war es doch total lächerlich, ja geradezu peinlich, etwas Negatives in zärtlichen Berührungen durch eine andere Frau zu sehen, dachte sie. Kam dazu, dass Marc, wenn er von dieser Massage erfuhr, zusätzlich erregt sein würde und vor allem sich mit noch weniger Hemmungen auf dieselbe Erfahrung einlassen konnte. Mit all diesen Gedanken löste sich ihre Anspannung, und sie freute sich nun umso mehr auf das, was sie erwartete.

Eine gute Viertelstunde später und nach einer angenehmen warmen Dusche lag Diana ihrer Kleider entledigt unter einem leichten Tuch in einem Massageraum, den sie bisher noch nicht gesehen hatte. Er war edel eingerichtet, die Möblierung mexikanisch angehaucht. Bilder von einladenden Palmenstränden zierten die Wände. Dass sie die Erfahrung auf einem Fouton geniessen würde, behagte ihr. Wenige Minuten später betrat die Masseurin den Raum. Das Licht war stark gedämpft, gerade ausreichend, um das schöne Gesicht erkennen zu können, das sich ihr näherte. Ein wohlriechender, süsslicher Duft lag in der Luft. Sanfte, beruhigende Musik befreite sie vom letzten Rest ihrer Nervosität.

Lorena, die Marc, ohne es zu wissen, vor wenigen Tagen zu seiner Masseurin ausgewählt hatte, war diese zierliche Latina-Frau Mitte 20 mit sehr schönem braunem Teint. Sie passte perfekt in dieses Zimmer. Ihr wunderschöner, schlanker Körper hatte die Proportionen, die ganz nach Marcs Geschmack waren. Darin fühlte sich Diana inzwischen als »Expertin«. Sie war in einen dieser schönen Saris gekleidet, von denen sie und Marc immer wieder schwärmten. Ganz zum Anlass passend, liess dieser nicht nur viel Haut frei, er war im Brustbereich auch halb transparent.

Lorenas Augen drückten Sanftheit und Feuer zugleich aus. Mit ihrem gewinnenden Lachen während der Begrüssung verbreitete sie Herzlichkeit und Wärme. Ihr Deutsch war gut genug, um sich vernünftig mit ihr unterhalten zu können, mit jenem spanischen Akzent, der ihr so gut gefiel. Diana fühlte sich vom ersten Moment an wohl in ihrer Nähe. Sie vereinbarten, dass Lorena in der ersten halben Stunde den Intimbereich auslassen und Diana dann entscheiden würde, ob sie die Berührungen auf diesen ausdehnen solle.

Die Massage war von viel grösserer Zartheit als das, was sie bisher bei Ganzkörpermassagen kennengelernt hatte. Zwar wandte auch sie zwischendurch mit ihren kleinen, feinen Händen erstaunlich kräftige Griffe an. Einen grossen Teil der Zeit widmete sie indessen jenen sehr sanften Streicheleinheiten, die sie von Marc zwar bisweilen auch erhielt, die jedoch mit spürbar mehr Hingabe und Professionalität ausgeführt waren. Sie erlebte eine Berührungs-Symphonie erster Güte. Von Beginn an, doch erst recht, als ihre Finger und Nägel ihre Brust erfassten, spürte Diana, wie sich ihre Erregung steigerte. Sie blieb dabei ausgesprochen entspannt und liess dieses Creshendo sehr gerne zu. Es gab keinen Grund, sich auf diese Entwicklung nicht mit aller Offenheit und ungetrübtem Genuss einzulassen. Marc sollte ja in Bälde schon dieselben zarten Hände spüren dürfen. Ihr war klar, dass sie die nahende Frage nach der Intimmassage positiv beantworten würde. Ja ihr Körper verlangte sogar danach, dass diese 30 Minuten bald vorüber sein würden. Dianas »sehr gerne« auf Lorenas entsprechende Frage drückte ihr Begehren denn auch ganz unmissverständlich aus.

Lorena weitete ihre Berührungen nun Zentimeter für Zentimeter in Richtung von Dianas Lustzentrum aus. Bald schon tauchte sie in ein Meer überwältigender körperlicher Gefühle ein, wie sie es in dem Mass noch kaum je erlebt hatte. Das mochte sowohl mit dem Einfühlungsvermögen von Lorena als Frau als auch mit ihrer Professionalität und Erfahrung zu tun gehabt haben. Sie verstand es perfekt, das Auf und Ab der Erregungswellen so zu gestalten, dass Diana sich in einer anderen Sphäre wähnte.

Es wäre mehr als bedauerlich gewesen, würde sie auf diese Steigerung verzichtet haben. Ohne zu zögern, nahm sie sogar die Einladung Lorenas an, sie ebenfalls zu berühren, wenn sie dies mochte. Und auch dies war eine Erfahrung, die sie nicht hätte missen wollen. Lorenas wohlgeformten Busen anzufassen, steigerte ihre Erregung beinahe ins Unerträgliche. Dabei erschrak sie ob ihrem Wunsch, Lorena am ganzen Körper zu streicheln und ihr das zurückzugeben, was sie gerade selber erfuhr. Dass dies die Maneva-Regeln nicht zuliessen, machte dieses Gedankenspiel ungefährlich und schön zugleich.

Diana fragte sich, ob ihre Offenheit für Zärtlichkeiten zwischen Frauen nicht vielleicht über das hinaus reichte, was eine normale Frau empfinden sollte. Doch dann erinnerte sie sich daran, wie häufig solche Szenen Teil von Filmen und Büchern waren, und dass diese Regung nicht mit der homosexuellen Neigung von Männern zu vergleichen war. Also liess sie sich gehen und genoss die Berührung der schönen Brüste. Sie glaubte, bei Lorena eine nicht gespielte Reaktion auf diese Zärtlichkeiten entdeckt zu haben, was sie weiter in Stimmung brachte.

Der Orgasmus, den ihr die zarten Hände Lorenas bereiteten, war vom Schönsten, was sie an Tiefe und Dauer je hatte erleben dürfen. Sie hätte diese Erfahrung nie, niemals missen wollen und war sehr froh darüber, sich darauf eingelassen zu haben.

Ihr Dankeschön an Lorena und die Umarmung waren besonders herzlich. Diana strich heraus, welch wunderschönes Erlebnis diese Stunde für sie gewesen sei und meinte mit einem Augenzwinkern: »Ich bin fast schon eifersüchtig, dass als nächstes nicht ich, sondern mein Mann an der Reihe ist.« Sie wusste, dass die beiden Frauen durch Eva inzwischen über ihren Spezialauftrag informiert worden waren.

Eva war natürlich hoch erfreut über Dianas ausgesprochen positives Feedback, das sie von Lorenas Massage zurückbrachte. Diana benutzte bei der knappen Schilderung auch schon ganz professionell die fernöstlichen Fachbegriffe der Tantra-Massage. »Diana ist bereit für die nächste Stufe«, dachte sich Eva. Zwar wusste sie, dass dies nochmals eine ganz andere psychologische

Dimension annahm, als sich durch eine Frau intim massieren zu lassen oder bei einer Massage zuzuschauen. Doch ebenso gut wusste sie, dass Diana nicht einfach irgendeine Frau war. Sie war selbstbewusst, offen, neugierig, unkonventionell. Und vor allem stand sie kurz davor, für ihren Ehepartner ein erotisches Wochenende der Superlative zu organisieren. Also nutzte Eva die Gunst der Stunde – Dianas Nähe zu dieser Massageerfahrung, die kaum 24 Stunden zurücklag.

»Könntest du dir vorstellen, selber einmal in Lorenas Rolle zu schlüpfen und einen Mann zu massieren?« Diana wusste aus den Gesprächen, dass Maneva nicht nur professionelle Masseurinnen und Masseure beschäftigte, sondern auch Amateure. Solche Frauen waren nicht fundiert ausgebildet in Massage, sondern erhielten nur eine kurze Einweisung am Körpermodell. Der Zweck dieser Mitarbeiterkategorie war ein zweifacher. Einerseits waren nicht wenige Männer besonders angetan von der Idee, von einer Frau berührt zu werden, die auch ihre Nachbarin sein könnte und die darin einen lukrativen Nebenverdienst gefunden hatte. Andererseits wollten sie damit Frauen ermöglichen, die Angst vor der Erotikmassage zu überwinden. Es komme zwar nicht häufig, aber doch immer öfter vor, dass der Weg einer Frau, ihrem Partner Freiraum zu gewähren, über das eigene sexuelle Ausbrechen führe.

Diana lernte noch den Sonderstatus der Novizin und jenen der Jungfrau unter den Amateuren kennen. Jungfrau war, wer zum ersten Mal zum Einsatz kam. Novizinnen behielten ihren Anfängerstatus bis zu ihrer zehnten Massage. Männer, die eine Amateurin während dieser Einführungsphase buchen wollten, bezahlten einen ziemlich happigen Zuschlag. Für eine Jungfrau musste ein Kunde ein Mehrfaches des Normaltarifes hinblättern. »Hier spielt uns eben das Angebots-Nachfrage-Prinzip voll in die Hände«, meinte Eva ohne Umschweife. »Diese Konstellation ist manchen Männern sehr viel wert, und sie ergibt sich ja auch nur ein paar Mal im Jahr – immer dann nämlich, wenn eine Amateurin bei Maneva ihre Arbeit aufnimmt.« Diana staunte nicht schlecht, als sie erfuhr, dass die Firma die Mehreinnahmen aus dem Status von Novizinnen und Jungfrauen einer Institution überwies, die sich für die Gewaltopfer unter den Frauen einsetzte – eine weitere Festigung ihrer sehr guten Meinung über das Unternehmen.

Zum ersten Mal hatte sich Diana in Acht nehmen müssen, Evas Ausführungen lückenlos zu folgen, so sehr war sie darauf bedacht, sich die richtige Antwort auf ihre überraschende Frage zurechtzulegen. »Vorstellen kann ich mir eigentlich fast alles«, dachte sie. »Aber das, fremde Männer da unten berühren – neeiin!!« Ihre Antwort fiel dann allerdings wesentlich weniger absolut aus als ihr erster Gedanke. Ihr »Nein, ich glaube nicht, dass ich das möchte« liess die Tür nicht nur der Wortwahl wegen einen Spalt offen. Auch der Klang ihrer Stimme transportierte, dass sie diese Möglichkeit nicht kategorisch und für alle Zeiten ausschliessen wollte. Dies hatte sehr viel damit zu tun, dass sie mit ihrer Lebenserfahrung nur zu gut wusste, wie viele Dinge sie schon ausgeschlossen hatte, um sich später über ihren »Absolutismus« aufzuregen. Was sie sicher wusste – besser: zu wissen glaubte – war, dass Marc es gefiele, wenn sie so etwas tun würde. Schon wegen der aufreizenden Wirkung, wie sie aus Andeutungen von ihm wusste. Dann aber wohl auch, um sich mit gutem Gewissen selber Freiheiten herausnehmen zu können. Und vielleicht würde er an ihren Berichten interessiert sein, die wohl nicht vor allem das Ausmass der Brustbehaarung umfassen sollten ... Männer eben! Zu verachten wäre der Stundenlohn von 60 Franken ja nicht, entsprach das umgerechnet auf das Jahr doch einem Salär in sechsstelliger Höhe. Das war mehr, als Diana in ihrem Grafiker-Teilzeitjob im Verhältnis verdiente. »Sonst musst du halt bis ins Jahr 2016 zuwarten. Bis dann soll ja ‚Viagra für die Frau' verfügbar sein, die Pille, die verspricht, Frauen zum Sexmonster zu machen«, scherzte Eva mit einem besonders breiten Grinsen.

Sie einigten sich darauf, das Thema im Moment ruhen zu lassen, denn sie wussten beide, dass solche Dinge reifen mussten und sich dabei in die eine oder andere Richtung entwickeln konnten.

In den folgenden Wochen entstand die finale Form dieses Weekends, das sie für Marc vorbereitet hatten und das in einer Villa im Elsass stattfinden sollte, die Diana bei ihrer Recherche entdeckt hatte. Eine Villa, die sie für diesen Anlass mieteten und die für Maneva vielleicht zur Brücke nach Frankreich werden sollte. Diana hatte den Grundstein zu dieser Erweiterungsstrategie gelegt.

Sie waren beide sehr zufrieden mit dem Resultat ihrer Arbeit. Diana, weil sie überzeugt war davon, Marc eine Bescherung zu bereiten, die er ihr nie vergessen würde und mit der er wohl auch in seinen kühnsten Träumen nicht gerechnet hatte. Und Eva, weil sie eine gute Möglichkeit sah, gemeinsam mit Reto Maneva zu einer ganz neuen Dimension zu führen. Und alle beide waren sie erfreut darüber, eine sehr gute neue Freundin gewonnen zu haben.

4
Die Eröffnung

Wie würde sie Marc kundtun, welches Ausnahmeerlebnis ihn erwartete? Diese Frage stellte sich Diana mit einem Gefühlsmix aus Unsicherheit und Freude. Ein solches Geschenk überreicht man schliesslich nicht einfach beim Frühstück in einem Briefumschlag mit ein paar Smilies drauf, dachte sie. Nein, auch dieser Moment sollte zu etwas ganz Besonderem werden. Falsch: Es sollte eben gerade nicht einfach nur ein Moment sein. Sie suchte nach einer ganzen Serie kleiner Ereignisse, die ihm sein Glück nach und nach offenbaren sollten.

Ihre eigenen Ideen in Verbindung mit dem Maneva-Katalog führten zu einer bald unüberschaubaren Liste an Fragen und Möglichkeiten und damit zur sprichwörtlichen Qual der Wahl. Würde sie Marc über den Charakter des Wochenendes im Voraus informieren, oder sollte er erst vor Ort allmählich »erwachen«? Wie lange vor dem Wochenende sollte er den ersten Hinweis erhalten? Sie könnte die Aufklärung als Sternfahrt (oder »Sternjoggen«) organisieren, wo er von Station zu Station geschickt würde, um jedes Mal ein Stück mehr über dieses herannahende Nirwana zu erfahren. Oder sie offenbarte ihm, wenn sie das nächste Mal Sex hatten, eine Fantasie und übergab ihm dann einen Gutschein, der mit den ersten Worten oder Sätzen beginnen würde, den sie ihm gerade eben vorfantasiert hatte. Würde überhaupt sie es sein, die ihn auf die Fährte führte, oder Eva oder jemand ganz anderes? Sollte er vielleicht zu einem fingierten Meeting gerufen werden, bei dem ihm dann eine Maneva-Mitarbeiterin sein Glück eröffnen würde?

Diana hatte ihre Wahl getroffen. Sie und Marc hatten die durch den Kalender aufgezwungenen gegenseitigen Geschenke schon vor einiger Zeit abgeschafft. Sie gönnten sich dafür den einen oder anderen kleinen Luxus oder eine Extravaganz, wenn sich die Gelegenheit bot. So sollte es dieses Jahr zu seinem 52. Geburtstag – es war ein Mittwoch – wieder einmal ein besonders feines Abendessen in einem ihrer Lieblingsrestaurants sein. Eines der Lokale, die sie nur in grösseren Abständen besuchten – auch aus Kostengründen, aber mehr noch, um solche Exklusivitäten nicht zur Selbstverständlichkeit werden zu lassen. Entsprechend gross war jeweils auch der Genuss dieser dann meist mindestens 5-gängigen Menüs.

Während sie es sich kulinarisch gutgehen liessen, schien Diana irgendwie anders, besonders verspielt, bisweilen neckisch. Sie vermittelte Marc das Gefühl, dass da irgendetwas in der Luft liegen musste. Vielleicht hoffte sie, ihre spezielle Stimmung würde ihm auffallen und er würde sie darauf ansprechen. Doch das tat er ganz bewusst nicht. Er liess sich nichts anmerken und genoss diese Spannung. Vor dem Dessert schliesslich schien ihr der passende Moment, ihre letztlich nichts sagende Bemerkung anzubringen. »Ich weiss, Schatz, wir machen uns in der Regel keine Geschenke zum Geburtstag. Zu deinem 52. gilt nun aber nicht die Regel, sondern die Ausnahme. Ich habe mir etwas ausgedacht. Es wird dir gefallen. Es wird dir sogar ganz besonders gut gefallen. Mehr möchte ich dazu nicht sagen. Ausser, dass es nicht mehr allzu lange dauern wird, bis du das Geschenk entgegen nehmen kannst.«

Aus der Art, wie Diana dies sagte, schloss Marc auf etwas Geheimnisvolles, ja Verschwörerisches. Sie hatte ihr Ziel also erreicht: Er war sehr gespannt auf ihr Geschenk, und ihre Ankündigung würde ihn in den nächsten Tagen mit Sicherheit nicht mehr in Ruhe lassen. Schliesslich kannte er sie gut genug um zu wissen, dass eine solche verbale Steigerung nicht einfach leichtfertig über ihre Lippen kam. Da durfte er sich auf etwas wirklich Besonderes gefasst machen.

In den folgenden beiden Tagen versuchte Marc nochmals, ihr wenigstens einen kleinen Hinweis zum Charakter des Geschenks zu entlocken. Doch da war nichts zu machen. Diana würde sich ja auch ohrfeigen, sollte sie es nicht schaffen, die Überraschung bis zum Anbruch des Wochenendes in ihrer ganzen Dimension zu bewahren. Nicht ganz leicht fiel es ihr, Marc Freitagnacht eine ihrer seltenen Migränen vorzutäuschen. Damit sorgte sie dafür, dass er mit unvermindertem Lustlevel beginnen und seine Ausdauer durch nichts getrübt sein würde.

Wie meistens am Samstag, machte sich Diana auf ins Dorf zum »kleinen Samstagseinkauf«, wie die beiden die Beschaffung insbesondere von frischem Brot und Milch für das Wochenende liebevoll nannten.

Das Telefon klingelte. Diana, die private Telefonanrufe in der Regel annahm, war noch nicht zurück von ihrem Einkauf. Es meldete sich eine ihm unbekannte Frau, die wissen wollte, dass er in der spanischen Truhe in ihrem Entrée einen Briefumschlag finden würde, der für ihn bestimmt sei. Er solle diesen behändigen und lesen. Auf seine Frage, wer sie denn sei, meinte sie schlicht: »Ich bin eine gute Freundin von Diana«, um dann mit geheimnisvoller Stimme anzufügen: »Ich freue mich sehr darauf, auch Sie bald kennenzulernen.« Das Gespräch war zu Ende, bevor Marc in seiner Verblüffung die Chance hatte, sich zu sammeln, um ihr die nächste Frage zu stellen.

Der mit »Marc« beschriftete Briefumschlag war wie prophezeit in der alten Truhe deponiert. Darin war ein knapp gehaltener, sehr warmherziger kleiner Brief, in dem Diana zum Ausdruck brachte, wie sehr sie ihn liebte und dass sie hoffe, mit ihm noch bis ins hohe Alter glücklich bleiben zu dürfen. Der Brief schloss »Mit meiner besten Empfehlung – meine Gedanken sind bei dir. Geniesse es voll und ganz. Lass dich gehen. Ich will es so.« und: »Grüss mir Eva herzlich.«

Im P.S. ihres Briefes hatte Diana noch vermerkt, er solle am Zielort etwa zwischen 15 und 16 Uhr eintreffen. Kleidung und alles, was er vor Ort benötigen würde, seien bereits da, ausser seiner Neugier müsse er nichts weiter mitnehmen. Und spätestens morgen Sonntag zum Abendessen würde er zurück sein. Weiter fand er im Umschlag einen Anfahrtsplan, bestehend aus einer Karte und einer Wegbeschreibung. Fahrzeit: eine knappe Stunde. Ausserdem ein Flugblatt, das eine schöne alte französische Villa zum Verkauf anbot.

Zu sagen, er wäre erstaunt gewesen, wäre masslos untertrieben. War er von seiner Frau zu einem Privat-Wochenende mit Koch und Butler eingeladen, wobei sie bereits im Voraus angereist war? Aber warum? Gab es da vielleicht eine Riesen-Party, und sie musste vor Ort noch letzte Vorbereitungen treffen, die er nicht mitbekommen sollte? Aber irgendwie passte das alles nicht mit seinem banalen zweiundfünfzigsten Geburtstag zusammen. Und ausserdem würde es auch dem Text in ihrer Nachricht widersprechen. Auch dass Diana für ihn ein Männerwochenende in einer Villa in Frankreich organisiert haben könnte, schien ihm eher unwahrscheinlich. Ihm fehlte eigentlich ein Bekanntenkreis, der dazu passen würde, und er war auch nicht der Typ für so etwas. Diana wusste das. Oder hatte sie möglicherweise ihr Erspartes in dieses schöne Objekt investiert, und er würde nun ihre künftige »Sommerresidenz« besuchen? Aber dieser Gedanke war definitiv absurd. So etwas würde sie nie tun, ohne dass sie darüber gesprochen hätten. Und sollte es darum gehen, das Objekt erst einmal zu besichtigen, dann würden sie doch gemeinsam hinfahren. Und warum sollte er eine Eva grüssen, und wer war denn diese Frau?

Das war alles äusserst geheimnisvoll. Er fand keine Erklärung, die ihn auch nur halbwegs befriedigen konnte. Das einzige, was ihm Halt gab, war Dianas Andeutung, das Geschenk, das sie für ihn vorbereitet hatte, würde ihm sehr gefallen. Und dass es hier um genau dieses Geschenk ging, das war wohl klar. Also blieb ihm nichts anderes übrig, als sich in seinen Wagen zu setzen und herauszufinden, welchen verrückten Einfall seine Frau denn diesmal wohl gehabt haben mochte.

5
In der Villa

Es war ein wunderschöner, warmer Frühlingstag in der zweiten Aprilhälfte. Die vorbeiziehende Natur war schon voll im Saft. Die Wälder hatten sich ihr wollenes Kleid bereits zugelegt, aufgrund der warmen Monate Februar und März dieses Jahr etwas früher als gewohnt.

Wie immer nach dem Überschreiten der Grenze zu Frankreich präsentierte sich eine andere Welt. Wie sehr schon wenige hundert Meter die Atmosphäre verändern konnten, darüber staunten Diana und er jedes Mal. Die besondere Mischung aus herrschaftlichen Villen und heruntergekommenen Häusern, die unbefangen wirkenden Fussgänger am wenig gepflegten Strassenrand, aber auch der Geruch, der bisweilen vom nicht eben perfekten Kanalisationssystem zeugte – all dies strahlte eine Lebensphilosophie und einen Charme aus, die diametral zur Nüchternheit der ordentlichen und korrekten Schweiz standen. Wobei sich Diana und Marc darin einig waren, in keinem anderen Land als in eben dieser Schweiz leben zu wollen.

Marc durchfuhr eines der so zahlreichen idyllischen Dörfer im Elsass. Dabei meldete sich eine seiner erotischen Fantasien zurück. Sie handelte von einer schwarz gekleideten jungen Französin, die ihn auf der Strasse mit erotischer Stimme ansprach und einlud, sich mit ihr in eines dieser armselig wirkenden alten Häuser zu begeben. Das Haus war offensichtlich unbewohnt. In einem der nüchternen Zimmer im Obergeschoss schob sie ihn zur Wand, streifte ihm Hose und Slip bis zu den

Knien herunter, setzte sich auf einem Stuhl vor ihn und schenkte ihm eine Feinmassage erster Güte. Er hatte Diana diese Fantasie schon vor langer Zeit mitgeteilt und sich darüber gefreut, dass sie ihn verstehen konnte. Beim Gedanken an dieses Szenario überkam ihn die Lust auf fremde Frauenhände einmal mehr mit der Urgewalt des männlichen Triebes.

Auch in dieser Hinsicht, wenn es um die erotische Ausstrahlung ging, konnte die Schweiz Frankreich nicht annähernd das Wasser reichen, dachte sich Marc. Beim Gedanken an diese Fantasie schoss ihm plötzlich ein irrwitziger Gedanke durch den Kopf: Vielleicht hätte Diana ihre Abneigung vor einer erotischen Fremderfahrung, wie Marc sich diese schon seit Beginn ihrer Partnerschaft immer wieder gewünscht hatte, überwunden und für ihn ein Wochenende organisiert, bei dem er genau diese Erfahrung machten sollte. Doch er entschied, es sei besser, diesen Gedanken möglichst schnell und ganz weit von sich zu weisen.

Eva
Passend zu seinem Laissez-faire-Bild von Frankreich, hatte er auf die Benutzung des Navigationssystems verzichtet. Die gute Wegbeschreibung führte ihn durch einige weitere schöne Dörfer, bevor er mühelos die Villa auf dem Prospekt am Rande eines mittelgrossen elsässischen Dorfes erreichte. Sie lag in einigen hundert Metern Entfernung zur nächsten Häusergruppe, inmitten eines sehr schönen kleinen Parks mit alten, mächtigen Bäumen. Er bog in die naturbelassene Zufahrtsstrasse ein und parkte den Wagen neben zwei weiteren Fahrzeugen, das eine ein schickes Coupé mit Schweizer

Nummernschild, das andere ein grosser Kombi, der Aufschrift entsprechend ein Lieferservice aus Colmar.

Die Villa war aus der Nähe mindestens so beeindruckend wie auf dem Prospekt. Dass die Fassade nicht erst diesen Frühling erneuert und der Garten auch nicht täglich gepflegt wurde, tat dem keinen Abbruch, im Gegenteil: Es gehörte zu Frankreich, und genauso gehörte es zu diesem Typ von Haus.

Kaum hatte er den Fuss auf den Boden gesetzt, öffnete sich die Tür des Hauses, und wenige Augenblicke später stand eine Frau in Jeans und weisser Bluse vor ihm und begrüsste ihn freundlich. Sie hatte kurzes, burschikos geschnittenes dunkles Haar, wie er es mochte, eine sportliche Figur und verfügte über ein gewinnendes Lachen. Die attraktive Frau, sie mochte um die vierzig sein, stellte sich mit Eva vor und fragte, ob er das Anwesen gut gefunden habe. Zumindest wusste er nun, wie Eva aussah – immerhin ein Anfang!

»Ich habe mit deiner Frau Diana während mehrerer Monate zusammengearbeitet in einer Sache, die dich im wahrsten Sinn des Wortes nicht unberührt lassen wird«, erfuhr er als Erstes. Dann erklärte sie ihm in knappen Zügen, welche Art von Dienstleistungen sie und ihr Ehepartner mit ihrem Unternehmen, der Maneva AG, anboten. »Wir sind ein sehr seriöses Team, das sich klar abhebt von den vielen billigen und zwielichtigen Etablissements im Bereich der Erotik«, beeilte sie sich hinzuzufügen. Ihr Ziel sei es, sowohl alleinstehenden Männern als auch solchen in einer festen Beziehung – und natürlich sehr gerne auch Frauen, was leider viel zu seltenen vorkommen würde – besonders schöne Momente zu schenken. Mehr dazu und zu den Hintergründen würde sie ihm dann gerne im Verlauf der weiteren Stunden erklären.

Marc ahnte inzwischen, was auf ihn »zukommen« würde, wenngleich er von der Dimension der Erfahrungen, die ihn erwarteten, noch nicht wirklich eine Vorstellung haben konnte. Es war ihm in diesem Augenblick nicht möglich, seine Gedanken und seine Gefühle zu ordnen. Er spürte in sich eine schwer fassbare Mischung aus Verwirrung, Verblüffung, Hemmungen, Aufregung. Sexuelle Erregung war in diesem Moment nicht wirklich dabei. Dazu war die Situation noch zu überraschend und neu. Was er wusste: Dies sollte wohl den Beginn von Stunden markieren, die er nicht so schnell wieder vergessen würde. Damit lag er an sich richtig, nur dass diese Formulierung der Grösse und Bedeutung, die diese Zeit für ihn erlangen sollte, bei weitem nicht gerecht würde.

Während Eva ihn in die beeindruckende Villa führte, erfuhr er etwas mehr über das Angebot von Maneva, über die Grundsätze, die drei Klassen, die Mädchen und vor allem über die zentrale Mission des Unternehmens, die sexuelle Verkrampftheit unserer Gesellschaft aufzubrechen. Sie erklärte, wie Reto, ihr Lebenspartner, aus der eigenen Frustration heraus ein ganzes System rund um die Erotikmassage herum bauen wollte, um es Frauen leichter zu machen, ihren Partnern eine kontrollierte, klar begrenzte sexuelle Erfahrung mit fremden Sexualpartnerinnen zu ermöglichen. »Ich bin trotz meiner Offenheit in Sachen Erotik, auch was käufliche Liebe betrifft, zu Beginn skeptisch gewesen«, meinte sie. »Ich habe daran gezweifelt, dass aus dieser Idee so etwas wie ein ertragreiches Geschäft gemacht werden kann.

Doch ich bin schon sehr schnell eines Besseren belehrt worden. Das Geschäft floriert gut, sehr gut sogar.« Wichtig hierfür sei auch gewesen, aktiv die Zusammenarbeit mit Partnern zu suchen, nicht zuletzt, was die psychologische Seite betreffe. Und vor allem hätten sie festgestellt, dass die meisten Männer viel Wert darauf legten, nicht nur auf die Massage, sondern auch auf alle möglichen und unmöglichen Dinge darum herum Einfluss nehmen zu können. Reto hätte da ein sehr gutes Gespür für die »Denke« von Männern. Ihr Zulauf sei deshalb nicht nur durch die wachsende Akzeptanz von Erotikmassagen, sondern auch auf das Abwandern von anderen, konventionellen Massageangeboten zu ihnen zurückzuführen.

Was er da hörte, beeindruckte Marc schwer. Er bedauerte sehr, dass er so »alt« werden musste, um in den Genuss dieses Systems zu gelangen. Es entlastete ihn immerhin, dass dieses Angebot erst seit knapp zwei Jahren existierte. Aber natürlich hätte ja nichts dagegen gesprochen, eine Erotikmassage auch ausserhalb dieses ausgeklügelten Systems geniessen zu dürfen, dachte er und spürte dabei Verbitterung in sich hochsteigen. Gleichzeitig meldete sich beim Anblick dieser kecken Frau, die einen nicht geringen Reiz auf ihn ausübte, nun auch der sexuelle Appetit an, und dies von Minute zu Minute deutlicher. Die Vorstellung, vielleicht schon bald die Hände dieser faszinierenden Frau an sich zu spüren, steigerte sich mehr und mehr zu einer satten erotischen Lust.

So hundertprozentig konnte er sich nicht auf Evas Ausführungen konzentrieren, denn seine Gedanken schweiften immer wieder zur zentralen Frage ab, wie es für ihn denn nun wohl weitergehen würde.

Was er von Eva dazu nun nach und nach erfuhr, übertraf auch seine kühnsten Erwartungen. Sie hätte mit Diana in den vergangenen Monaten eng zusammengearbeitet und dieses Wochenende gemeinsam mit ihr akribisch vorbereitet. Diana sei dabei nicht nur kreativ gewesen, sondern habe mit ihren Ideen massgeblich zum Ausbau der Dienstleistungen des Maneva beigetragen. So sei etwa dieses Villa-Wochenende das erste in dieser Art. Ihre Einfälle seien dermassen wertvoll gewesen, dass Reto und sie beschlossen hätten, ihm dieses Wochenende zu schenken. Ganz selbstlos sei das natürlich nicht, denn die Erfahrungen sollten in das weitere Design der Leistungen einfliessen. Und sie wären auch sehr froh, wenn daraus ein anschaulicher Erfahrungsbericht entstehen würde. »Inkognito, versteht sich«, wie sie ergänzte.

Sie sei selbstverständlich nicht alleine hier. Drei weitere Frauen seien mit ihr angereist. Zwei davon hätte er schon einmal gesehen, meinte sie geheimnisvoll. »Kannst du dich an das Abendessen Mitte Dezember im Restaurant Rondo erinnern?« Nun dämmerte es ihm aber gewaltig. Vor seinem geistigen Auge sah er jene vorwiegend weibliche grössere Gesellschaft während dieses Essens, bei der ihm eine Frau verlockender schien als die andere. Er wusste noch genau, wie er sich dieses Anblicks damals kaum entziehen konnte. Und dann hatte sich zwischen Diana und ihm doch dieses prickelnde Spiel »Wer gefällt dir am besten – wer gefällt mir am besten?« entwickelt. Jetzt war ihm alles klar.

Und er konnte sich auch recht gut wieder an seine drei, vier Favoritinnen erinnern.

Marc war fassungslos. Diana hatte ihn in diese Falle gelockt, damit er ihr seine Wunschfrauen nennen würde. Dass er Eva, die an jenem Abend mit dabei war, heute nicht wiedererkannt hatte, lag daran, dass sie einen Platz eingenommen hatte, der für ihn kaum einsehbar war. Ausserdem wusste sie ja, wessen Blicken sie ausweichen sollte. »Und die dritte Frau, von der du bei der Begrüssung gesprochen hattest, wer ist die?« »Die hat eine ganz andere Rolle hier, allerdings ebenfalls eine wichtige«, antwortete Eva und wirkte in diesem Moment etwas abwesend.

Eva führte ihn durch die Villa und zeigte ihm die Räume. Darunter waren edle Salons und das grosszügige, mit kostbaren antiken Möbeln eingerichtete Speisezimmer. Im ersten Obergeschoss befanden sich fünf, im obersten Geschoss weitere vier teilweise sehr grosszügig dimensionierte Schlafräume. Die einen wirkten benutzt, andere schienen seit längerer Zeit unbewohnt.

Eva liess Marc während des Rundgangs wissen, dass er die Berührungen durch die Frauen in jedem dieser Räume erhalten konnte. »Ich werde dich anschliessend genau darüber informieren, wie du deine Wünsche für die Massagen und das ganze Drumherum festhalten kannst.« Marcs Vermutung, dass er gleich mehrere Behandlungen zugute hatte, wurde zu seiner grossen Freude damit bestätigt.

Sie liessen auch das Untergeschoss nicht aus. Die kühlen Kellerräume, unter ihnen der Weinkeller sowie weitere Räume für die Lagerung von Esswaren und anderen Utensilien, strahlten im Halbdunkel etwas Gespenstiges aus. Auch das eher unscheinbare Nebengebäude bekam Marc von innen zu sehen. Neben einer kleinen Küche und dem Wohn- und Essraum beherbergte es zwei kleinere und ein grösseres Schlafzimmer. Darin waren früher die Bediensteten untergebracht, heute diente das Haus Gästen, wenn die Villa nicht ausreiche, oder wenn Bekannte des Besitzers für ein Wochenende auf das Anwesen fuhren.

Zu den beiden idyllischen Gartenplätzen, der eine mit Tisch und Sitzgelegenheit aus Holz, der andere aus Stein und mit einem grossen Garten-Cheminée ausgestattet, fanden Marc und Eva, dass sie die Villa zum idealen Freizeitaufenthalt machten. Die Tour endete mit einem Blick in einen kleinen, etwas abseits liegenden Schuppen, in dem Gartengeräte, unbenutztes Mobiliar und ein kunterbuntes Allerlei untergebracht waren.

Einen Schlafraum in der Villa hatte ihm Eva vorenthalten. Sie hatte ihn elegant darüber hinwegzutäuschen versucht. Doch Marcs Interesse an solchen Gebäuden war zu gross, als dass er die eine Tür, die Eva wortlos übergangen war, nicht bemerkt hätte. Auf seine Frage nach jenem Zimmer rückte sie damit schliesslich heraus: »Du wirst heute, wenn es nach Plan läuft, in jenem Raum übernachten. Und darin sind neben deinen Kleidern eben auch Dinge zu sehen, die in diesem Moment noch nicht für dich bestimmt sind.« Geheimnisvoll, dachte er, und seine Neugier und Aufregung erreichten eine neue Stufe.

Marcs Vorbereitung
Nach diesen interessanten Einblicken – er und Diana liebten schöne Gebäude, und vor allem schätzten sie es,

wenn sie diese auch von innen sehen konnten – weihte ihn Eva in einem der gediegenen Salons in das Material ein, das ihm bei der Zusammenstellung seines Programmes für heute und morgen behilflich sein sollte. Es handelte sich um mehrere gleichartige Blätter zum Ausfüllen, teils durch Ankreuzen von Optionen, teils mit Raum für Bemerkungen. Wie diese Unterlagen aufgebaut waren, gefiel ihm als strukturiert denkender Ingenieur ausgesprochen gut. Und das Angebot an Möglichkeiten darin war ebenso reichhaltig wie originell.

Neben der Wahl aus einer der beiden Masseurinnen (oder auch beider aufs Mal!) und dem Ort, an dem die Massage stattfinden sollte, konnte er die Art des Lichts (bzw. Dunkelheit), Musik, Kleidung der Frauen sowie weitere Parameter wählen. Der Aufbau entsprach dabei einem sogenannten Morphologischen Kasten, bei dem die Themen als Zeilen, die Möglichkeiten als Spalten angeordnet waren. Natürlich fehlte auch die Liste der zahlreichen Massage-Arten nicht, die Maneva anbot. Doch da würde Marc wohl eher seinen eigenen Ablauf gestalten und diesen schriftlich festhalten und Eva auch im Gespräch mitteilen. Seine Hemmungen in dieser Hinsicht hatte er in den letzten Minuten mehr und mehr abgelegt.

Selbstverständlich war auch an Fesselung und weitere leichte Sado-Maso-Praktiken gedacht worden. Doch davon würde Marc kaum Gebrauch machen, sicher nicht für den Beginn. Dianas Einfluss bei der Gestaltung dieser Unterlagen war nicht zu übersehen. So dürften die Optionen *Massage im Liegen – Massage im Stehen – Massage auf einem Stuhl sitzend* durch sie, indirekt also durch ihn, ins Spiel gebracht worden sein.

Anstelle einer konkreten Auswahl konnte er für jeden dieser Parameter auch *Maneva* oder *Zufall* ankreuzen. Das bedeutete, dass die Entscheidung darüber durch Maneva – in diesem Fall wohl Eva – oder aber durch Würfeln bestimmt wurde. Eine sehr schöne Möglichkeit, den Begegnungen zusätzliche Spannung zu verleihen.

Ein weiteres Blatt zeigte die Fotos zweier sehr attraktiver Frauen in Reizwäsche, die ihm ziemlich bekannt vorkamen. Es waren erfreulicherweise genau jene hübschen Damen, die er während des Abendessens mit Diana vor einigen Monaten gesehen hatte. Der Anblick der beiden Frauen liess sein Herz höher schlagen.

Marc wusste natürlich längst von der Existenz einschlägiger Massagedienste. Er hatte auch des Öfteren hin und her überlegt, wie er Diana dazu bringen konnte, ihm diese Erfahrung zu ermöglichen. Allerdings hatten ihn die entsprechenden Angebote im Internet nie wirklich überzeugt, die Websites waren meist ziemlich billig aufgemacht. Er hatte sich immer etwas Gediegeneres vorgestellt als das. Was er in dieser wunderbaren Villa angeboten bekam, übertraf seine Vorstellungen indessen bei weitem. Er als Ingenieur fand das Ganze so gut aufgebaut und strukturiert, dass es auch von ihm hätte sein können. Mit den gebotenen Möglichkeiten wähnte er sich im erotischen Schlaraffenland, wusste kaum noch, wo ihm die Sinne standen und brauchte eine ganze Weile, sich zu fassen.

Mit diesem Material ausgestattet, zog er sich auf Evas höfliche Einladung hin nun in sein scheinbar so geheimnisvolles Schlafgemach zurück.

Die erste Überraschung, die beim Betreten des schönen, geräumigen Zimmers nicht zu übersehen war, erwartete ihn auf dem grossformatigen Bildschirm: Diana lächelte ihm mit ihrem typischen, herzlich-entspannten Lächeln entgegen. Er begriff sofort: Das war das Standbild einer Videobotschaft, die er mit einem Klick auf die bereit liegende Fernbedienung zum Leben erwecken sollte.

»Hallo Schatz, ich hoffe du bist gut angekommen in der tollen Villa und hast inzwischen deine Fassung wiedererlangt. Ich möchte dich nicht lange aufhalten, nur so viel: Wie ich dir bereits in meinem kurzen Brief mitgeteilt habe, ist es mein Wunsch, dass du dieses Wochenende in Frankreich in vollen Zügen geniesst. Du brauchst keine Hemmungen zu haben. Ich habe meine Zurückhaltung in den vergangenen Wochen auch zu einem guten Teil abgelegt, wie du von Eva noch erfahren wirst. Es lohnt sich. Ach, und wichtig: Im Koffer findest du nebst den Kleidern auch dein Lieblings-Utensil. Dieses würdest du hier bestimmt ganz besonders vermissen.« Marc hatte während der Führung durch Haus und Park mehr als nur einmal an dieses gedacht und wie schade es doch sein würde, es nicht mit dabei zu haben. Seine Diana war einfach unglaublich!

»So, mein Lieber, jetzt geniess die Gunst der Stunde und der Nacht. Ich freue mich dann morgen oder sobald dir danach ist über einen detailgetreuen Erfahrungsbericht. Schliesslich gehört die Erfolgskontrolle ja zu jedem Projekt, wie du immer betonst!«

Marc liess sich in den antiken Sessel neben dem Fenster fallen, der eine sehr schöne Aussicht auf den Park bot. Er musste sich immer wieder sagen, dass das, was er heute erlebte und was ihm Diana per Video soeben mitgeteilt hatte, real war. Es war kein Traum, es war Wirklichkeit. Diana hatte sich während mehrerer Monate dafür eingesetzt, dass er sein ultimatives Erlebnis bekommen möge. Eines, von dem er seit über zwanzig Jahren geträumt hatte. Er fühlte sich in diesem Augenblick wie gelähmt.

Es fiel Marc leicht und schwer zugleich, die richtige Wahl zu treffen. Leicht deshalb, weil er sich seine Lieblingsfantasien über die Jahre nicht nur ausgedacht, sondern im Sinne einer persönlichen Therapie auch niedergeschrieben hatte. Und schwer fiel es ihm, weil diese Blätter es in sich hatten. Die Vielfalt an weiteren Ideen und Optionen war beeindruckend und liess ihn immer wieder zögern. Doch dann fasste er sich ein Herz und beschleunigte das Ganze. Schliesslich sollte er ja nicht die ganze Zeit hinter der Speisekarte verbringen, sondern vor allem fein essen, schmunzelte er nicht nur innerlich ...

Eine halbe Stunde später waren die Blätter für den heutigen Abend bereit. Er brachte sie Eva hinunter und wies sie noch auf ein paar Dinge hin, die ihm besonders wichtig waren. Doch fast alles davon wusste Eva bereits. Diana hatte auch hier ihren Job gemacht. Eva versicherte ihm indessen, den beiden Masseurinnen all seine Angaben nochmals in allen Details persönlich mitzuteilen. Der erste Akt würde nach seiner Vorstellung an die Vorspeise anschliessen. Auch daran hatte das verschworene Team gedacht: Auf jedem der Blätter konnte angekreuzt werden, nach welchem der vier Gänge des

Abendessens die entsprechende Begegnung angesetzt werden sollte.

Marc suchte erneut sein Zimmer auf, um sich zu duschen und für das Abendessen bereitzumachen. Die Vorbereitungen bedeuteten für ihn emotionale Schwerarbeit, die ihre Spuren hinterlassen hatten. Währenddessen bereitete Eva mithilfe des ersten Wunschblattes Lorena in allen Einzelheiten auf ihren Einsatz vor.

Es war halb sieben, Zeit, sich zum vereinbarten Apéro einzufinden. Bei diesem lernte Marc nun die geheimnisvolle dritte Frau kennen. Sie war eine süsse, kleine brünette Französin namens Michelle mit Pagenschnitt. In ihrer Montur des Servierpersonals, mit knapp bemessenem Faltenjupe und einem Ausschnitt, der nicht viel, jedoch gerade genug Einblick in ihre gut bemessene Oberweite gewährte, liess sie das Herz eines jedes normalen Mannes höher schlagen. »Michelle ist Mitarbeiterin eines Restaurationsbetriebes mit Lieferservice, bei dem man auf Wunsch gleich auch das Servierpersonal dazu buchen kann«, stellte Diana die junge Frau vor. Michelle hatte das Essen in Behältnissen angeliefert, die es warm hielten. Marc liess Michelle sein Standardgetränk für solche Gelegenheiten mixen, einen Mojito. Dieser schmeckte in Anwesenheit dieser beiden faszinierenden Damen natürlich ganz besonders.

Die hübsche Französin servierte nun die erste Vorspeise, eine sehr leckere Fischsuppe. Mit ihrer Art zu servieren und es den Gästen wohl ergehen zu lassen, liess sie diese spüren, dass sie vom Fach war. Während Eva und er die Suppe genossen, überraschte sie ihn mit einer weiteren, sehr aufregenden Neuigkeit: »Diana hat an einem sogenannten Voyeur-Programm mitgemacht, bei dem Personen für einen bescheidenen Betrag dabei zuschauen dürfen, wie Massagen ausgeführt werden. Dieses Angebot ist vor allem dafür gedacht, Frauen einen Einblick in die Massage zu ermöglichen und ihnen die Angst davor zu nehmen und Sicherheit zu vermitteln.« Diana hätte es aber vor allem deshalb genutzt, weil ihn, Marc, dieser Gedanke angeblich reizen dürfte. Marc bestätigte diese Vermutung unmissverständlich.

»Erträgst du noch mehr, Marc?« fuhr sie fort. »Ja, auf jeden Fall« meinte ihr sichtlich erfreuter Gast. Nun, Diana sei ihm auch in Bezug auf die Massage selbst einen grossen Schritt voraus, denn sie hätte diese bereits erfolgreich hinter sich gebracht. »Ausgeführt durch eine reizende Frau, die im Übrigen hier anwesend ist! Diana hat danach übrigens in den höchsten Tönen geschwärmt von dieser Erfahrung«, liess sie Marc wissen. Er konnte sich innerlich kaum noch beherrschen vor Emotionen, Unfassbarkeit und Glücksgefühl. Diana hatte das vermutlich auch – wenn nicht sogar vor allem – getan, um ihm die letzte Unsicherheit zu nehmen, was diesen Aufenthalt in der Villa betraf. Als er diese Vermutung aussprach, widersprach Eva zwar nicht, doch sie ergänzte vielsagend: »Diana ist so begeistert gewesen von dieser körperlichen Erfahrung, dass dies mit Sicherheit nicht ihre letzte Massage gewesen ist.« Damit waren bei Marc nun alle Dämme gebrochen, was seine Vorbehalte oder Bedenken für den weiteren Verlauf des Abends betraf. Der köstliche Rotwein, der durch die stets noch attraktiver wirkende kleine Französin serviert wurde, trug seinen Teil zu dieser Entspanntheit bei.

Marc freute sich schon jetzt darauf, Diana zu ihrem Mut zu gratulieren und ihr dafür zu danken, dass sie ihm die Annahme dieses unglaublichen Geschenkes damit so einfach gemacht hatte. Aber auch, wie sie ihn mit dem Gedanken an ihre eigenen Erfahrungen zusätzlich angeturnt hatte.

Als Marc bemerkte, dass auch Evas Suppentasse beinahe schon leer war, schlug seine Lockerheit mit einem Mal in Nervosität um. Plötzlich wurde ihm bewusst, dass er in wenigen Minuten jenes erste Szenario erleben würde, auf das er sich so unfassbar freute. Sein Herzschlag legte zu, sein Atem ging schwerer. Die Veränderung blieb Eva nicht verborgen. Sie riet ihm, ruhig zu bleiben und die kommenden Minuten so entspannt wie möglich anzugehen. Sie beide wussten, wie sehr Anspannung den erotischen Genuss zu beeinträchtigen vermag. Also versuchte er durchzuatmen. Nur wenige Minuten später machte er sich auf zu seinem ersten grossen Abenteuer.

Lorena
Die Treppe, die zu den Kellerräumen führte, war vom grossen Vorraum aus zugänglich. Marc hatte sich gewünscht, die ersten Berührungen durch fremde Frauenhände im Dunkeln, ohne Worte und ohne Musik, spüren zu dürfen. Er wollte sich ganz auf diese erste Erfahrung einlassen können. Durch nichts abgelenkt. Auch nicht durch den Anblick einer schönen Frau. Für die erste Begegnung hatte er Lorena ausgewählt, die ausnehmend attraktive Latina-Frau.

Seine Nervosität konnte er nicht unterdrücken, als er im Zeitlupentempo die unebenen Stufen aus Stein hinunter stieg, hin zu jenem Raum, den er für seine allererste sexuelle Erfahrung mit einer anderen Frau seit 25 Jahren ausgesucht hatte. Es war der Weinkeller. Ein gewölbter, kühler Raum, der eine Urkraft ausstrahlte und der im zweiten Akt durch das Kerzenlicht, das er sich dafür gewünscht hatte, eine besondere Wirkung entfalten sollte. Behutsam öffnete er die schwere Tür, hinter der zwei Stufen hinunter auf den naturbelassenen Boden führten. Hinter dieser Tür also würde Lorena auf ihn warten. Bevor er diese hinter sich schloss, knipste er, um Lorena nicht zu sehen, das fahle Licht aus, das den Raum kaum auszuleuchten vermochte. Der erdige Geruch in Verbindung mit der Säure des Weins verlieh dem Ort eine natürliche Kraft. Die zwei, drei Schritte der Wand entlang, die ihn zum Ort des Geschehens führten, waren auch im Dunkeln keine Herausforderung.

Nun stand er also da, lehnte sich mit den Händen gegen die kühle Backsteinmauer und harrte der schönen Dinge, die nun folgen würden. Sein Herz pochte ununterbrochen mit einer Intensität, die zu spüren und, wie er glaubte, gar zu hören war. Es verstrichen einige Augenblicke, bis ein leiser, auf dem Naturboden jedoch unüberhörbarer Tritt bestätigte, dass Lorena unmittelbar hinter ihm auf ihren Einsatz wartete.

Die erste Berührung durch ihre eine Hand an seiner Seite und die Art, wie sie diese dort für einen Moment ruhen liess, vermittelten ihm jene Sanftheit und Wärme, die ihm einen Teil seiner Nervosität zu nehmen vermochten. Er mochte diese liebevolle Art der Begrüssung sehr. Wie im Drehbuch vorgesehen, begann Lorena, ihn von hinten sanft am Körper zu streicheln. Sein leichtes Hemd liess ihn schon diesen ersten, noch ganz harmlosen körperlichen Kontakt als sehr intensiv erfahren. Die Streicheleinheiten vermittelten ihm eine reale Vorahnung von dem, was nun folgen würde.

Während dieser bezaubernden ersten Zärtlichkeit durch Lorena drehte sich Marc um und spürte ihre Hände nun an seiner Brust. Dass sie bisweilen liebevoll auch sein Gesicht und die Halspartie einschlossen, empfand er als warmes Zeichen von Herzlichkeit. Nun tasteten sich ihre Hände allmählich an den Verschluss seiner Jeans heran. Langsam und behutsam öffnete sie diese und schob sie ihm gerade so weit herunter, dass das Wesentliche frei lag. Der Slip sollte bis zum Ende dieses ersten Aktes oben bleiben. So wollte es Marc, der wusste, welche Gefühlsintensität Berührungen durch dieses Teil mit ausgesprochen feinem Stoff bei ihm auszulösen vermochten. Es wäre ein grosser Verlust gewesen, hätte ihm Diana dieses edle Stück nicht eingepackt, das er in besonderen Momenten immer wieder gerne als Gefühlsverstärker benutzte.

Während einiger Momente berührte sie ihn nochmals am Körper – Brust, Seitenpartie, Gesicht und Arme. Dann führte sie ihre Fingerspitzen von unten an den Slip heran. Ganz sanft streifte sie nun über das Rund. Diese ersten Berührungen durch den äusserst dünnen Stoff hindurch elektrisierten ihn augenblicklich. Feuer durchdrang seinen ganzen Körper, ein Glücksgefühl der Superlative erreichte seine Seele. Für diese erste sexuelle Handlung an ihm nahm sich Lorena viel Zeit. Dann ertastete ihre andere Hand seine Männlichkeit und setzte auch hier ihre Finger ganz sanft ein. Bereits jetzt, durch dieses Nichts an Stoff hindurch, war das alles für ihn unfassbar erregend und schön. Wie musste das

Gefühl wohl sein, wenn er Lorenas Hand ungefiltert auf seiner äusserst empfindsamen Haut spüren würde. Seine Hände, die er bisher auf seine Hüften gestützt hatte, legte er in diesem Moment an ihre Taille. Ihre Bluse über den Jeans – nach seiner Vorgabe würde sie weiss sein – lag eng an ihrem Körper an und liess die Schönheit desselben erahnen. Diese zusätzliche Verbindung zwischen ihnen machte die Erfahrung, die er sich seit so vielen Jahren immer wieder vorgestellt hatte, noch intensiver.

Marc hatte sich wiederholt gefragt, was es denn war, das ihn so unglaublich stark nach fremden Frauenhänden sehnen liess. Die Art, wie Diana ihn berührte, war es zuallerletzt. Sie wusste ganz genau, was er brauchen würde und gab ihm dies auch, wann immer ihm danach war. Doch die Vorstellung, es seien nicht ihre vertrauten Hände, sondern die einer fremden Frau, die sich an ihm »vergreifen« würden, wirkte als Verstärker mit beinahe unvorstellbarer Kraft. Er hatte sich seit so vielen Jahren nichts anderes auch nur annähernd so sehr gewünscht wie eben diese Erfahrung.

Nach einigen Minuten deutete er ihr mit seiner Hand an, diesen ersten Akt, diese ersten, unfassbar schönen Berührungen für den Moment zu beenden. Er hatte sich vorgenommen, bei dieser ersten Begegnung möglichst keine vernehmbare Reaktion von sich zu geben. Lorena wusste davon. Dies war ihm weitgehend gelungen. Und er fühlte sich in seiner Annahme bestätigt, dieses In-sich-hinein-geniessen würde ihn das Ganze noch intensiver erfahren lassen. Seine grössten Bedenken, bei dieser ersten Begegnung zu nervös zu sein, um die Berührungen in der grösstmöglichen Intensität erleben zu können, war unbegründet. Der erste Akt seines grössten Traumes war in Erfüllung gegangen. Seine hundertfach gelebte Fantasie war Realität geworden. Es war genau so, wie er es sich immer vorgestellt hatte: das Aufregendste und Beglückendste, was ihm widerfahren konnte. Er war dankbar dafür, seiner jahrelangen Frustration auf diese wundersame Weise ein Ende bereiten zu können.

Er verliess den Raum vielleicht fünfzehn Minuten, nachdem er ihn betreten hatte – wobei Zeit hier eine ganz andere Bedeutung hatte als im normalen Leben. Er ging, wie er gekommen war, im Dunkeln und ohne Worte. Seine Haut sollte nun ausreichend Zeit erhalten, ihre volle Empfindsamkeit wiederzuerlangen.

Die zweite Vorspeise bestand aus einem reichhaltigen, aber leichten gemischten Salat mit Balsamico-Dressing. Marc mochte Eva das Erlebte nicht im Einzelnen mitteilen. Es hätte der Begegnung einen Teil des Zaubers genommen, den er in sich trug. Er liess sie jedoch wissen, wie unfassbar intensiv und wunderbar die Erfahrung für ihn gewesen war. Und er hob hervor, wie unendlich viel ihm dieses Geschenk bedeutete.

Auch der zweite Akt spielte sich im Weinkeller ab. Marcs Nervosität hatte sich zu einem Teil gelegt. Und doch war er erneut angespannt, im Wissen, dort sogleich zum ersten Mal wieder die Hände einer fremden Frau ungefiltert auf seiner nackten Haut zu spüren.

Das Kerzenlicht hatte einen Teil des Raumes in eben dieses warme und magische Licht eingetaucht, das er sich ausgemalt hatte. Lorena erwartete ihn diesmal auf der anderen Seite des Kellers, in der Nähe der Kerzen, die ihren Platz auf einem Weinfass gefunden hatten. Das dezente, flackernde Licht liessen Lorena noch attraktiver erscheinen, als er sie in Erinnerung hatte. Ihr mexikanischer oder südamerikanischer Einschlag, der ihm schon damals beim Essen vor Weihnachten aufgefallen war, entsprach genau seinem Geschmack. Die langen schwarzen Haare bildeten mit ihren kecken Locken die ideale Umrahmung ihres aparten Gesichts. Und ihre halb geöffnete Bluse gab ausreichend von ihrer ideal proportionierten Oberweite frei, um bei Marc die beabsichtigte Wirkung zu erzielen.

Lorenas eine Hand ruhte auf dem Holzstuhl, neben dem sie sich positioniert hatte. Lächelnd liess sie sich nun auf diesem nieder, als Marc neben ihr stand. Nach einer kurzen zärtlichen Berührung seiner Brust machte sie sich erneut an seiner Jeans zu schaffen und stellte wieder jenen Zustand her, bei dem sie zum Ende ihrer ersten Begegnung stehen geblieben waren. Zum zweiten Mal berührte sie ihn durch den Stoff hindurch nochmals während einiger Momente. Bald schob er seinen Slip zu den Jeans hinunter und beseitigte auch diese letzte Hürde zwischen ihm und ihren Händen.

»Physisch-psychisches Nirwana« mochte das, was Lorenas Finger und Nägel bei Marc in der Folge auslösten, noch am ehesten umschreiben. Es war eine überwältigende Komposition aus körperlichem Feuerwerk und emotionaler Glückseligkeit, in einer Intensität, die ihn an die Grenzen der Wahrnehmungsfähigkeit führte, gekennzeichnet durch jene Trübung des Bewusstseins, wie sie sonst nur schockartige Erlebnisse auszulösen vermögen. Er war froh, seine Hemmung abgelegt und den kürzlich entdeckten gefühlsverstärkenden Trick zur Vorbereitung angewendet zu haben. Dieser trug das Seine zu dieser Intensität ohnegleichen bei.

Seine Augen hielt er meist geschlossen. Doch mitunter beobachtete er im Kerzenlicht, wie sich ihre Hände an ihm zu schaffen machten, ihre Aufmerksamkeit auf jene Stelle gerichtet, die für diese unübertrefflichen körperlichen Gefühle verantwortlich war. Der aus dieser Position besonders tiefe Einblick in ihre schön geformte Oberweite, umrahmt von feinen Spitzen, bildete das sprichwörtliche Sahnehäubchen.

Diesmal zwang er sich auch nicht mehr zu akustischer Zurückhaltung und liess Lorena gerne wissen, welche Wirkung sie mit ihren zauberhaften Berührungen bei ihm erzielte. Bereits diese sanften Streicheleinheiten zwangen Marc zu besonderer Zurückhaltung, um den ersten Abschluss für den nächste Akt bewahren zu können.

Wiederum deutet er Lorena nach einiger Zeit an, inne zu halten und beförderte seine Jeans zurück in ihre Normalposition. Dieses Mal verliess er den magischen Raum mit seiner Urkraft nicht alleine. Er nahm sie bei der Hand und führte sie an den Tisch, an dem Eva bereits auf sie wartete. Marc war auf die Möglichkeit hingewiesen worden, das Abendessen mit Eva alleine einzunehmen oder eine oder auch beide Damen mit zu Tisch zu beten. Die Frauen mussten natürlich nichts entbehren. Michelle sorgte im Gästehaus für ihr leibliches Wohl, zeitlich abgestimmt auf das Essen in der Villa.

Diese erste Erfahrung in zwei Akten war für Marc schlicht sensationell. Die psychologische Dimension dieser Eröffnung war dermassen dominant. Dass es die ersten sexuellen Berührungen durch eine fremde Frau seit mehr als zwei Jahrzehnten waren, hatte jene Wirkung, die er sich in seinen Träumen immer wieder ausgemalt hatte. Es war seine Master-Fantasie, die er sich über die Jahre tausendfach vorgestellt und unzählige Male an sich simuliert hatte. Diese Szenen waren durch ihn in einer Art kultiviert worden, dass der Gedanke daran fast schon schmerzhaft war.

Sich bei dieser Begegnung total gehen lassen zu können, wissend, dass Diana es genauso haben wollte, hatte es ihm ermöglicht, sich voll und ganz auf diese ersten Momente fremder Berührungen einzulassen. Er war in Bezug auf die Empfindsamkeit an den männlichen Stellen eine Sonderausgabe von Mann, wie Diana sich einmal ausgedrückt hatte. Seine Sensitivität übertreffe alles, was sie bisher gekannt hätte, bei weitem. Dies war ein Privileg, ein wunderbares Geschenk der Natur, für das er in diesem Augenblick besonders dankbar war. Marc konnte sich nicht vorstellen, noch einmal etwas in dieser erotischen Intensität zu erleben, auch nicht in dieser Villa.

Er liess die beiden Frauen während der Hauptspeise wissen, welches Ausmass an Genuss sie und Diana ihm an diesem Abend ermöglichten. Um diese Magie nicht zu zerstören, ging er indessen auch diesmal nicht auf Einzelheiten ein. Er liess jedoch keinen Zweifel daran, wie viel ihm diese beiden Begegnungen mit Lorena bedeuteten und wie gut sie sich auf ihn und seine Vorlieben eingelassen hatte. Der Hinweis auf die offenkundig optimale Unterweisung durch Diana und Eva ging dabei nicht vergessen. Lorena hätte ihm das Gefühl vermittelt, in ihrer Nähe willkommen zu sein und ihm diese Berührungen sehr gerne geschenkt zu haben. Eva bestätigte, zwar seien alle Maneva-Mädchen dem Kunden verpflichtet, er hätte in dieser Hinsicht jedoch eine besonders gute Wahl getroffen.

Marc brachte noch zum Ausdruck, dass auch eine perfekt ausgeführte konventionelle Erotikmassage in einem Massageraum in liegender Position bei ihm nie auch nur annähernd hätte die Wirkung entfalten können wie das, was er in dieser letzten Stunde erfahren hatte. Die schrittweise Eröffnung und Einstimmung, das Ambiente der Villa, die Umgebung, das ganze Setting in Verbindung mit dem Abendessen – all dies sei jenseits der vergleichsweise sterilen Abläufe und Räume, wie er sie auf einschlägigen Websites gesehen hätte. Er könne ihr nur empfehlen, diesen Weg weiter zu beschreiten.

Von grösster Bedeutung sei dabei gewesen, dass die Berührungen in jener Qualität und Feinheit ausgeführt wurden, wie er sie von Lorena erhalten habe – ohne Anweisungen, ohne Worte. Denn eine Masseurin vor der Massage zuerst noch informieren und dann vielleicht nochmals korrigieren zu müssen, stelle er sich nicht prickelnd vor. Bei ihm jedenfalls würde dies den Genuss und die erotische Spannung ganz erheblich beeinträchtigen.

Nun in der Gesellschaft zweier attraktiver Damen, genoss Marc das Essen, ein delikat zubereitetes Rindersteak mit feinem Naturreis und knackigem Broccoli, ganz besonders. Sein Traum war schon jetzt Wirklichkeit geworden. Nichts und niemand konnte ihm diese beispiellose Erfahrung wieder nehmen. Dieses Wissen liess ihn zum ersten Mal, seit er angekommen war, so etwas wie Gelassenheit und innere Ruhe finden.

Shila
Für sein erstes Kommen, den nächsten Höhepunkt im wahrsten Sinne des Wortes, wollte er sich erneut den Händen einer fremden Frau ergeben. Darüber hinaus räumte er nun auch sich selber mehr Spielraum ein und würde die Bereitwilligkeit der beiden Frauen gerne nutzen, sich von ihm berühren zu lassen. Für diesen Akt hatte sich Marc gewünscht, die zweite Frau, Shila, in ihrem Schlafgemach aufzusuchen. In jenem geräumigen Raum mit der Doppeltür zum Badezimmer, die noch ihre besondere Bedeutung erhalten sollte.

Mit abermals steigender Spannung nahm er bedächtig die Treppenstufen zum Obergeschoss unter seine Füsse. Wenige Augenblicke später fand er Shilas Schlafraum genau so vor, wie er dies gewünscht hatte: die Fensterläden geschlossen, die Vorhänge zugezogen. Fahles Licht verlieh dem Raum eine wohlige Wärme. Kerzen sorgten für jene romantische Stimmung, nach der die Begebenheit geradezu verlangte. Die Musik von Jean-Michel Jarre, die er für solche Momente liebte, sphärisch, ruhig und rhythmisch zugleich, konnte nur von Diana für ihn ausgesucht worden sein. Sie erfüllte den Raum mit dem passenden Wohlfühl-Pegel und liess Marc in jene andere Welt eintauchen, die solche Klänge in ihm wachriefen. Ein wohlriechender, einladender Duft von süsslichem Parfum verbannte den letzten Rest von Alltag aus seinen Sinnen. Dies alles bildete den wundervollen Rahmen für die Silhouette von Shilas Körper mit ihren perfekten Rundungen. Ihm den Rücken zuwendend, nur ihre Hüfte durch ein leichtes Tuch bedeckt, enthielt sie ihm die weibliche Perspektive ihres Körpers noch vor. Neben ihr warteten zwei Stühle darauf, dass sich ihre Besitzer in die Augen schauten. Die junge Frau schien darauf vorbereitet, dass Marc sich ihr nun nähern würde.

Drei, vier Schritte später trennten Marc und sie nur noch Zentimeter. Sein Herzschlag legte von neuem zu, als seine Hände die samtene Haut ihrer Taille fanden. Ein Anflug von Scheu erfasste ihn, als die rechte Hand sich nun allmählich in Richtung ihres Busens bewegte. Das warme und weiche Gefühl, das sich ihm nun bot, bedeutete Ästhetik und Erotik zugleich. Augenblicke später wandte sich Shila ihm zu und liess ihn ihre atemberaubende Erscheinung erblicken.

Sie war eine kleingewachsene, ausgesprochen schöne Inderin. Er taxierte sie, ihre Schuhe in Rechnung stellend, auf 1.55m. Die Idealgrösse in Marcs erotischer Welt. Ihr perfekt geformter Busen war von überdurchschnittlich grossen Höfen gezeichnet, die Marcs erotisches Herz höher schlagen liessen. Mit ihrem wunderschönen, braunen Teint und dem mittellangen schwarzen Haar war ihr Anblick ein Gedicht. Ein wahrer Traum von Frau.

Shila kannte ihren Auftrag und setzte sich, nach einigen zärtlichen Berührungen seiner Seiten- und Brustpartie, wie im Drehbuch vorgegeben auf einen der beiden bereit stehenden Stühle. Ohne weitere Umschweife öffneten ihre zarten Finger nun Knopf und Reissverschluss seiner Jeans. Und ebenso unmittelbar streifte sie diese einschliesslich seines Slips mit energischer Bewegung genauso weit herunter, dass sie alles Wesentliche offenbarten. Der laufende Ventilator sorgte bei Marc nun für jenes erotisierende Windfeeling an seinen unbedeckten Körperteilen, wie er es vom Urlaubsstrand kannte. Die stimulierende Wirkung des Luftzugs wurde durch die davon ausgeschlossenen Körperteile noch intensiviert. Ein Hauch von Nostalgie ergriff ihn, wie nicht selten in solchen Momenten.

Nach spannungsreichen Sekunden des Innehaltens fuhr Shila mit den Berührungen da fort, wo diese im Weinkeller ihr Ende gefunden hatten. Auch diese junge, schöne Frau wusste genau, worauf es bei Marc besonders ankam, wusste, wo und wie ihre Finger die grösste Wirkung entfalten würden. Ihre professionelle Ausbildung alleine konnte dieses feine Gespür nicht erklären. Dianas Handschrift war hier im wahrsten Sinne des Wortes zu fühlen.

Seine Aufregung und Angst, etwas zu verpassen, hatte er inzwischen ablegen können. Die Empfindungen mochten dadurch nochmals um eine Nuance intensiver sein. Dass es erneut fremde Hände waren, die ihn berührten, verfehlte die verstärkende psychologische Wirkung nicht. Und dabei Shilas wohlgeformten Busen streicheln zu können, steigerte Marcs Erregung beinahe ins Unerträgliche. Es war dieses Gefühl, wo Körper und Geist sich in jenem überirdischen Zustand befinden, der mit nichts zu vergleichen ist.

Bald schon setzte auch er sich hin und genoss ihre Berührungen, während er ihr aus nächster Nähe in die Augen schauen und ihren schönen Körper betrachten konnte. Seine emotionale Erregung war dabei so gross, dass er ihr bei aller Zartheit der Berührungen wiederholt andeuten musste, für einen Moment inne zu halten. Shila schien es zu mögen, an Marc auch eine Vielfalt an Techniken einzusetzen, die er bisher nicht gekannt hatte und hinter denen er fernöstliche Einflüsse vermutete. Bei ihm erzielte dies zwar keine zusätzliche erotische Wirkung. Als vielseitig interessierter Mensch buchte er es indes sehr gerne unter »neue Erfahrung« ab.

Dann stellte sie – sprechen war für diesen Akt stattgegeben – Marc ganz leise die Frage nach dem Abschluss. Auf sein leichtes Nicken nahm sie ihn bei der Hand und führte ihn durch die bereits offenstehende grosse Tür zur Dusche. Sein Herz pochte in diesem Moment so intensiv, dass es aus ihm herauszuspringen drohte.

Während er sich seiner Kleider entledigte, liess ihn Shila wissen, sie würde es ihm gerne so machen, wie es auf dem Video zu sehen sei, das sie vorbereitet habe – wenn das für ihn in Ordnung wäre. Die breite Badezimmertür ermöglichte bequem den ungehinderten Blick auf den grossformatigen Bildschirm. Marc war äusserst gespannt auf dieses zusätzliche Element, das er in seinem Szenario nicht vorgesehen hatte. Was dem Klick Shilas auf die Fernbedienung folgte, war denn auch eine vollends grenzwertige Erfahrung.

Es begann damit, dass das herangezoomte Gesicht eines attraktiven dunkelhäutigen Mannes in die Kamera lachte. Mit dem Wegzoomen enthüllte das Bild mehr und mehr vom Körper dieses grossen, starken Mannes – auch er in einer Dusche. Bald gab die Szene den Blick frei auf jene Dimension von erigiertem Gemächt, die keinen Mann kalt liess, die jenes Mass übertraf, das die Natur noch hätte zulassen dürfen. Und die bei den Herren der Schöpfung jenes Bild herauf beschwor, in dem dieses unglaubliche Ding in dessen Partnerin eindringen würde – eine Vorstellung, die beim einen oder anderen Mann für Entzückung sorgen mochte, für die Mehrzahl jedoch geradezu einer Horrorvorstellung gleichkam. Bei Marc war es eine schwer fassbare, auf jeden Fall (s)explosive Mischung aus diesen beiden Gefühlen – Diana hatte ihn hier wohl richtig eingeschätzt.

Auch er zählte zur grossen Mehrheit jener Männer, die das Thema Grösse ein Leben lang begleitete. Er wusste dabei immerhin, dass sich die Antwort auf die berühmt-berüchtigte Frage »Does size matter?« nicht auf ein einfaches Ja oder Nein reduzieren liess. Er wusste auch, dass Grösse bei manchen Frauen zwar eine Bedeutung hatte, bei nicht wenigen jedoch genau anders herum: Sie zogen normal gebaute Männer den Hünen vor, um sich während der Vereinigung ohne Angst und Verkrampfung gehen lassen zu können. Dass besonders gut ausgestattete Männer dies nicht gerne hören würden, lag im wahrsten Sinne in der Natur der Sache.

Doch der eigentliche Schock sollte erst noch folgen. Bald schwenkte die Kamera auf eine neben der Dusche stehende, entspannt lächelnde Frau, die er sehr gut kannte. Er fühlte sich in diesem Augenblick wie gelähmt ... Dieser Mann bat seine Diana, die Hand nach ihr ausstreckend, sich zu ihm in die Dusche zu begeben. Und sie liess sich nicht zweimal bitten. Sie hatte dieses weisse Kleid an, das ihren auch mit knapp 50 Jahren noch sehr erotischen Körper besonders gut zur Geltung brachte und einen starken Kontrast zu diesem nackten, dunklen, starken Männerkörper bildete.

Das Bild, wie ihre rechte Hand nun dessen hocherigierten enormen Schaft ergriff, wie ihre kleinen Hände begannen, ihren Auftrag auszuführen, anfangs bedächtig, dann immer schneller und heftiger, wirkte geradezu surreal. Der Mann schien Dianas Handjob sehr zu geniessen, während Marc in ihrem Gesichtsausdruck, bisweilen herangezoomt, vielleicht doch einen Anflug von Schamhaftigkeit auszumachen glaubte.

Bei der Intensität dieser optischen und emotionalen Erfahrung hatte Marc nicht einmal bemerkt, welch reizvolles Bild die inzwischen ebenfalls ganz nackt neben ihm stehende Shila abgab. Mit ihrer kleinen Hand führte sie ihn nun in die Dusche und half ihm damit über seine Schockstarre hinweg. Dann begann sie ihn mit einem Gel an seinen empfindsamsten Körperteilen einzureiben. Seinen Körperreaktionen zufolge musste es sich dabei um ein wahres Wundermittel handeln. Die Verbindung der kühlenden Wirkung mit der himmlischlasziven Glitschigkeit, die Shilas Hände in Perfektion zu nutzen wussten, war unerreicht. Ihre Einladung, es ihr gleichzutun, indem sie seine Hand an ihren Busen führte, nahm er liebend gerne an. Ihren festen Busen im Gleichtakt mit diesem Teufelszeug zu bearbeiten, mal besonders sanft, bisweilen kräftiger zupackend, dabei dieses Geschehen und zugleich den beinahe grotesken Handakt von Diana zu sehen, steigerte dieses unfassbare Körpergefühl zur ultimativen Ekstase.

Shila kannte das Video genau und wusste, wie viel Zeit ihr blieb, um die beabsichtigte Synchronität herbeizuführen. Und so schlug sie denn mit ihren zarten Händen genau jenen Rhythmus an, der dafür sorgte, dass Aufzeichnung und Wirklichkeit exakt im Gleichklang zu ihrem Ende gelangten. Sein eigener Orgasmus in Verbindung mit dem Bild, wie Diana diesen enormen Lustbolzen zum Ejakulieren brachte, empfand Marc als die intensivste erotische Empfindung in seinem Leben, die wohl definitiv nicht mehr zu toppen sein würde. Vor kaum einer Stunde hatte er genau dies schon einmal zu sich gesagt ...

Lorena
Das Dessert nahm Marc diesmal in Anwesenheit von drei Frauen ein. Schokoladenmousse, versteht sich, alles andere hätte ihn überrascht.

Das Maneva-Team wusste natürlich genau, warum ihr Gast zunächst ungewöhnlich schweigsam war und seine Mousse eher mechanisch in sich hinein löffelte. Lorena und Eva blickten mehrmals fragend zu Shila hinüber und versuchten, aus ihrem Ausdruck etwas über den Ablauf oder den »Erfolg« ihres Auftrages herauszulesen. Drei durchdringende Schreie eines Nachtkauzes liessen die Spannung, die den stillen Raum in diesem Moment erfüllte, geradezu bedrohlich erscheinen.

Doch bei aller Schockwirkung, die Marc vor wenigen Minuten erfasst hatte und die er zunächst verarbeiten musste – die erotische Wirkung dieses Schauspiels überwog schon sehr bald das schwer definierbare Gefühl von Machtlosigkeit, die der Anblick dieses Videos in ihm ausgelöst hatte. Letztlich kam es seiner Vorstellung einer Begegnung Dianas mit einem fremden

Mann, wie er sie sich in Momenten höchster Erregung jeweils ausgemalt hatte, schon ziemlich nahe. Kunststück – nicht immer war er in der Lage gewesen, wenigstens seine abartigen Fantasien vor ihr zu verbergen.

Während er seinen feinen indischen Schwarztee genoss, lebte seine so genährte sexuelle Lust wieder kräftig auf und inspirierte ihn zu seiner nächsten erotischen Tat. Die Planung des Abends bis zu diesem Zeitpunkt hatte sich als voller Erfolg herausgestellt. Wie meistens in seinem Leben, wollte er auch hier die Dinge nicht dem Zufall überlassen. Doch ebenso froh war er darüber, dass seine Vorbereitungen hier endeten. In diesem Paradies, in diesem Eldorado der Sinne, schien es ihm ganz besonders wichtig, Dinge entstehen zu lassen, geschehen zu lassen.

Und in der Tat meldete sich bei ihm während des Desserts eine neue Fantasie, die ihm besonders reizvoll schien. Er fragte Lorena, ohne dabei seine Verlegenheit ganz verbergen zu können, ob sie ihn im Freien nochmals berühren würde. Er wusste um die erotisierende Wirkung, welche die Natur und kühlende Abendluft auf ihn hatten. Den unmittelbaren Anlass für diesen Wunsch hatte ihm Lorena gleich selber geliefert. Ihre wunderschönen, grossen dunklen Augen waren eine Augenweide, ihr gewinnendes Lachen überaus einnehmend. Doch besonders reizvoll in diesem Moment war die Art, wie ihre weite, über der Hose getragene schwarze Bluse verriet, dass Marcs Hände darunter auf kein weiteres Hindernis stossen würden. Anhand der Position ihres Busens hätte er nie darauf gewettet, dass sie ihren BH inzwischen abgelegt hatte. Doch wenn sich Lorena bewegte, versetzte dies ihre Wölbungen in jene

Schwingung, die auf jeden gesunden Mann ausserordentlich erotisierend wirkt. Marc zählte zu den Männern, die Frauen in jeder Hinsicht sehr respektierten. Er verabscheute jeden, der Frauen auf primitive Art anmachte, zutiefst. Doch in diesem Moment konnte er nicht umhin, seinen Blick immer wieder, öfter als ihm lieb war, auf diese Stelle zu richten.

Lorena war sehr gerne bereit, ihm diesen Wunsch zu erfüllen. Das war ja auch ihr Job hier. Und so befanden sich die beiden Minuten später Hand in Hand auf dem Vorplatz der Villa. Es war kurz nach 22 Uhr. Die Nacht war längst über das Elsass hereingebrochen, die funkelnden Sterne zeugten von der Reinheit der Landluft. Der soeben aufsteigende Dreiviertelmond spendete ausreichend Licht, um die mit Kieselstein belegten Gehwege zu erkennen. Marc führte Lorena in den Park. Eine der mächtigen Eichen, die im Halbdunkel noch imposanter erschienen, lud ihn ein, sich an ihr anzulehnen. Die erleuchtete Villa präsentierte sich in dieser Abendstimmung besonders erhaben. Und die Stille dieses prächtigen Parks schuf eine wunderbare Stimmung, die gleichzeitig etwas Unheimliches an sich hatte.

Diesmal war es Marc, der mit schnellen Griffen dafür sorgte, dass Lorena sich ungehindert mit seinen sensibelsten Körperteilen beschäftigen konnte. Die verstrichene Zeit seit den letzten Berührungen, unterstützt durch die Kühle der Nacht, liess ihn einmal mehr jenes Gefühl widerfahren, das mit nichts zu vergleichen war. Sein zaghafter Griff unter Lorenas Bluse bestätigte nun auch handfest den optischen Eindruck – naturbelassene, frech herausstehende, feste Brüste, die wie geschaffen waren für seine nicht besonders grossen Hände. Die Verbindung von passivem Empfangen und aktivem Ertasten liess ihn einmal mehr diese ultimative Stufe von Erregung erfahren.

Als Zeichen seines Danks erlaubte er sich während ihrer himmlischen Berührungen, ihr einen zärtlichen Kuss auf die Stirn zu drücken. Was Lorena ihm darauf mit ihrem süssen Akzent flüsterte, war für ihn ebenso überraschend wie bezaubernd: »Ich habe zwar schon unzählige Männer berührt und massiert, doch das bedeutet nicht, dass nicht auch ich, auch heute noch, manchmal Gefühle und Erregung dabei verspüre. Dabei ist es weniger wichtig, wie attraktiv ein Mann äusserlich ist. Entscheidend ist, was er ausstrahlt und welche Geschichte hinter seiner Motivation steht, nicht einfach nur Sex, sondern erotische Berührungen zu suchen.« Und sie fügte hinzu, dass seine Geschichte völlig anders sei, viel spezieller und dadurch auch schöner als alles, was sie bisher erlebt habe. Und schliesslich zu seiner besonderen Verwunderung: »Es macht dir hoffentlich nichts aus, wenn ich dir sage, dass ich vor allem bei der zweiten Begegnung im Weinkeller so erregt gewesen bin wie kaum noch in meiner bisherigen Arbeit.« Marc fühlte sich in diesem Moment unglaublich gut. Er fühlte sich leicht, er war glücklich, aber auch etwas stolz auf diese Wirkung, die keinen normalen Mann kalt liess, wie er seine Gefühle rechtfertigte. Vor allem aber war er tief berührt, in welch liebenswerter Art Lorena ihm diesen intimen Einblick in ihre Empfindungen gewährte.

Und darauf folgten nun Worte, die ihn innerlich geradezu in eine Schockstarre versetzten: »Wenn es die Maneva-Regel zulassen würden, würde ich sehr gerne deine Hände spüren lassen, wie feucht ich gerade in diesem Moment wieder bin.« Marc wusste nicht, was stärker war – die Freude über seine Wirkung, die Vorstellung, dass er auf diese äusserst attraktive Frau, für die Erotik das Tagesgeschäft bedeutete, diese Regung ausgelöst hatte. Oder aber die Enttäuschung darüber, dass ihm die Maneva-Grundsätze diesen aufregenden Griff an ihren Schritt verwehrten …

Die beiden machten sich, erneut Hand in Hand, auf den Weg zurück zur Villa. Seine Lust hatte Marc sich – nicht ohne dafür innere Kraft aufwenden zu müssen – bewusst bewahrt, indem er Lorena in »gefährlichen« Momenten jeweils um Zurückhaltung gebeten hatte.

Marc erlebte einen Abend, wie er ihn sich vielleicht im Film, im Buch, niemals jedoch in der Realität hätte vorstellen können. Er war zutiefst zufrieden, er war beglückt. Und vor allem war er Diana unendlich dankbar für das, was er hatte erfahren dürfen. Zwar drängte ihn seine Libido schon jetzt wieder zu einer nächsten erotischen Tat. Doch er beschloss, die Nacht so zu nutzen, dass er den morgigen Tag nochmals ähnlich intensiv erfahren konnte wie diesen Abend. Nach diesem in jeder Hinsicht fantastischen, erlebnisreichen Tag begann sich bei ihm auch etwas Müdigkeit bemerkbar zu machen.

Michelle

Marc gönnte sich während etwas Small Talk mit den drei Frauen noch einen Schlummertrunk. Danach wünschte er ihnen, nicht ohne sich erneut für diesen unvergesslichen Abend zu bedanken, eine gute Nacht und zog sich in seine schöne Kammer zurück. Noch wie benebelt von den Eindrücken, warf er einen letzten Blick in die Unterlagen, die Eva und Diana für ihn vorbereitet hatten. Er nahm sich vor, morgen eine 4-Hand-Massage tantrinischer Art zu buchen. Eva würde ihm beim Frühstück dabei behilflich sein, die für ihn passende Variante zu wählen. Das Frühstück war bewusst spät angesetzt, damit er sich ausruhen, oder wenn ihm danach sein sollte, wie Eva sich ausdrückte, »noch eine kleine Vorspeise gönnen« könne.

Nach der erfrischenden Dusche schickte sich Marc gerade an, in sein majestätisches Bett zu steigen, als es an der Tür klopfte. Vor ihm stand das schöne französische Mädchen, das während des Abends das vorzügliche Essen serviert hatte und lächelte ihm mit ihrem unwiderstehlichen französischen Charme entgegen. »ast du noch einen Wunsch, Marc?« fragte sie ihn gespielt unschuldig. Auf sein »Nein, vielen Dank, Michelle« entgegnete sie: »Das kann isch mir eigentlisch nischt vorstellen« und betrat zielstrebig sein Zimmer. Als sie die Tür nicht nur ins Schloss fallen liess, sondern auch den Schlüssel drehte, wurde ihm klar: Sie mochte ihren Job als Serviermädchen zwar gut gemacht haben, doch das war ganz offensichtlich gefaked. Richtig wach war er schon seit der Dusche wieder, jetzt kam eine Form von Nervosität und Spannung dazu, die sich dabei noch ziemlich gut anfühlte.

Was Michelle ihm nun eröffnete, sollte Marc in der Folge vor eine schwierige Entscheidung stellen. Sie sei nicht Angestellte eines Restaurationsbetriebes. Aber auch keine Mitarbeiterin von Maneva. Sie arbeite in einem gehobenen, in Colmar ansässigen Escort-Service.

»Weisst du denn, was das ist?« fragte sie mit jenem französischen Akzent, der den härtesten Mann zu Pudding werden lässt. Sein Zögern bei seinem knappen »Ja« verriet ihr seine nicht geringe Verblüffung über das, was hier vor sich ging. Die Frauen, die dort arbeiten würden, seien natürlich nicht an die Maneva-Grundsätze gebunden. Ihre Aufgabe hier sei es, ihm nach Möglichkeit jeden Wunsch zu erfüllen, den er äussern würde. Wenn er möchte, auch gerne während der ganzen Nacht.

Marc war mit dieser Situation überfordert. Im Zeitraum von Sekunden war ihm eröffnet worden, dass er mit dieser äusserst attraktiven Frau Sex ohne Einschränkungen haben konnte. Das war doch aber nicht im Sinne des Maneva. Und es war nicht das, was er glaubte, in Dianas Botschaft gelesen oder herausgehört zu haben. Wurde er nun einem Härtetest, einer Prüfung, unterzogen? Wollte Diana wissen, ob er sich jene Beschränkung auferlegen würde, die ihre Ehe bei aller gewährten Toleranz gebot? Die Antwort liess nicht lange auf sich warten. Michelle holte aus ihrer Tasche einen Umschlag und überreichte ihm diesen. Ein weiteres Mal hatte sich Diana an ihn gewandt.

»Lieber Marc, gönne dir – natürlich ohne dich dabei gesundheitlichen Risiken auszusetzen – all das, was du dir gönnen möchtest. Das ist kein Test, sondern ganz einfach mein Wunsch. Du hast mir mit deiner Treue lange genug bewiesen, dass du mich als Mensch liebst, so, wie ich bin. Dass Sex bei dir nichts mit Liebe zu tun hat, daran habe ich schon längst keinen Zweifel mehr. Ich hätte dir schon lange wenigstens einige Freiheiten gewähren sollen. Ich hoffe, ich kann es damit wiedergutmachen. Also: Avanti, Boy!«

Dass er das Angebot, sich auch von Michelle berühren zu lassen, nicht ausschlagen würde, war Marc seit dem Moment klar, als er um ihre wahre Rolle wusste. Und darauf freute er sich einmal mehr über alle Massen. Doch er wollte Sex im eigentlichen Sinne nicht, noch nicht, nicht jetzt. Vielleicht würde er das auch nie wollen. Und wenn doch, dann wollte er sich darauf geistig und emotional einstimmen können. Dass er hier und heute nicht so weit gehen würde, hing auch mit dem Respekt vor Diana zusammen, Freibrief hin oder her. Er wollte die Freiheit, die sie ihm mit diesem Geschenk gewährte, nicht überdehnen. Sollte es einmal mehr werden als nur Berührungen, dann würde er das mit ihr vorher besprechen und ihr dabei in die Augen schauen wollen.

Andererseits – ganz auf den ihm gebotenen erweiterten Freiraum verzichten wollte er dann doch nicht. Dazu war Michelle zu attraktiv. Und er konnte ja nicht wissen, ob er diesem reizenden Geschöpf jemals wieder begegnen würde.

Es kam in der Folge, nach einem zärtlichen gegenseitigen Entkleidungsritual, zu gegenseitigen Berührungen, bei denen es für Marcs Hände keine Tabuzonen mehr gab. Die beiden nackten, sich berührenden Körper im grossen Himmelbett, die optimal positionierten Spiegel, ganz besonders jedoch der Anblick von Michelles freizügig präsentiertem Schoss, geschmückt mit langem, dichtem schwarzem Schamhaar, machten dieses Schauspiel zum optisch erregendsten, was ihm bisher widerfahren war.

Die monotone Rhythmik der Reggae-Musik, die er aus dem bereitliegenden Ausschnitt seiner CD-Sammlung ausgewählt hatte, unterstützte die Sinnlichkeit des Geschehens. Auch Michelles Initiative zum Zungenkuss mochte er in der Erregtheit nicht zurückweisen. Und während seiner feinfühligen Berührungen ihrer empfindlichsten Stellen wurde ihm klar, dass ihre Erregung nicht gespielt sein konnte. Von seinen Erfahrungen mit käuflicher Liebe in seinen Flegeljahren wusste er, dass nicht alle Frauen, die Sex zu ihrem Beruf gemacht hatten, beim »Geschäft« kalt und innerlich unbeteiligt blieben. Und Michelle gehörte offensichtlich zu diesen Frauen, die sich auch bei einem Kunden uneingeschränkt gehen lassen konnten. Ihm sollte es recht sein. Denn die bis ins Innerste triefende Erregung dieser schönen Frau mit den Händen zu erspüren, war eine äusserst intensive Erfahrung von animalischem Charakter.

Es kostete ihn sehr viel Selbstbeherrschung, Michelles alsbald gehauchte Aufforderung »Komm, Marc, nimm misch, ich will disch spüren«, zurückzuweisen. Besonders schwer machte sie ihm dies mit der Position, die sie dabei einnahm. In der Doggy-Stellung auf dem Bettrand präsentierte sie ihm ihr Lustzentrum, die Pforte mit ihren schlanken Fingern weit gespreizt, so, dass er sie – wohl auch dies kein Zufall – in seiner favorisierten Stellung, stehend, hätte penetrieren können. Der Anblick dieser fleischigen, durch den frivolen schwarzen Busch garnierten Einladung war geradezu erbarmungslos. Es war die Versuchung par excellence. Es war jenes Urbild, das im Mann wohl den grösstmöglichen Impuls erzeugte, der Natur zu folgen. Doch er bestand am

Ende diese teuflische Prüfung, die er sich selbst auferlegt hatte.

Umso mehr freute er sich über die – selbstredend geschützte – orale Befriedigung durch Michelle. Diese gipfelte mit der für Marc neuen und sehr aufregenden Erfahrung, sich zwischen den sinnlichen Lippen einer attraktiven Frau zu ergeben. Dass er davor Michelles Erregung durch gekonnte manuelle Stimulation mühelos bis zu ihrem sehr gut vernehmbaren Orgasmus hatte steigern können, gab ihm jenes erhabene Gefühl, das Männer naturgemäss so mögen.

Michelle zollte Marc danach Respekt, dass er auf die Möglichkeit verzichtet hatte, in sie einzudringen und ihre Wollust auch von innen zu spüren. Die beiden lagen noch für eine Weile wortlos nebeneinander, bevor sie sich von ihm verabschiedete und sich in ihr Zimmer begab. Sie liess ihn noch wissen, dass sie sich freuen würde, ihn bei Gelegenheit wieder zu treffen – vielleicht dann ja »ohne diese unglaubliche Verzischt«, wie sie sich ausdrückte.

Als Marc im Bett lag, war schon Mitternacht vorbei. Der Mond stand mittlerweile hoch über den Eichen und erhellte die Stelle, die ihm soeben sehr viel abverlangt, aber noch viel mehr gegeben hatte. Marc war nun sehr müde, dabei gleichzeitig ausgesprochen glücklich und entspannt. Dass es morgen keine Steigerung mehr geben konnte, war ihm klar. Und in diesem Augenblick war er sexuell auch nicht ausreichend stimulierbar, als dass er dem kommenden Tag entgegenfiebern würde. Er wusste aber auch, dass dies schon morgen früh wieder ganz anders aussehen konnte.

Andrea

Als Marc etwa um neun Uhr einen kurzen Abstecher in den schönen Park machen wollte, um sich auf die Fortsetzung dieses Traumes einzustimmen, erwartete Eva ihn unten an der Treppe bereits. Und sie hielt eine weitere Überraschung für ihn bereit. »Ich habe dich gestern über unser System von Novizinnen und Jungfrauen informiert«, meinte sie in ihrer manchmal etwas geschäftsmässigen Art. »Diana und ich haben gedacht, es wäre doch sehr schade, wenn ausgerechnet du nicht in den Genuss dieser so seltenen Möglichkeit kommen würdest. Wir haben im Scherz auch vom Sternschnuppen-Ereignis gesprochen, da eine solche Konstellation ja wirklich eine ganz besondere ist.«

Marc spürte, wie sich seine Lust auf Sex schon wieder sehr deutlich zurückmeldete. Dass er nach dem zweimaligen Abschluss gestern wieder so gut erregungsfähig war, als ob es zwei Wochen her wäre, freute ihn wie den kleinen Jungen vor der Weihnachtsbescherung. Er erinnerte sich dabei an jene Entdeckung, die er in jungen Jahren einmal gemacht hatte. Schon in seinen 20ern zählte er nicht eben zu den »Multitasking-Talenten« unter den Männern, wie er sich auszudrücken pflegte. Er benötigte in der Regel zwei bis drei Tage, bis seine Libido wieder ganz in Hochform war. Doch damals in Brasilien verbrachte er eine Nacht, in der er sich kaum wiedererkannte. Innerhalb weniger Stunden schaffte er es mühelos gleich fünfmal. Er wusste natürlich, dass dies nicht wirklich wichtig war. Doch er war alles andere als unglücklich darüber, wie der Reiz, den fremde Frauen auf ihn ausübten, auch hier wieder voll anschlug. Dies war nun also wohl dieser Xeno-Partner-

Dingsbums-Faktor, von dem er in jenem Fachartikel erfahren hatte. Trotz seiner Müdigkeit hatte er diesen vor dem Einschlafen noch gelesen, da er Eva zufolge offensichtlich der zentrale Anstoss für sein heutiges Glück gewesen war.

Eva überraschte Marc einmal mehr mit ihrer nun folgenden Geschichte. Bei der Frau, die sie gefunden hätten, würde es sich zwar nach ihrer Definition um eine Jungfrau handeln. Allerdings um eine, die noch nicht für Maneva arbeitete und dies vielleicht auch nie tun würde. »Du und Diana habt an einem Musikfest in Basel doch eine alte Schulkollegin von Diana getroffen, die dir offenbar Eindruck gemacht hat. Erinnerst du dich noch daran, dass du diese Frau später in einer erotischen Fantasie Diana gegenüber erwähnt hast?« wollte Eva wissen. Und ob er sich daran erinnerte! Diese etwas scheu wirkende Frau von kleinem Wuchs und mit einem attraktiven Körper ausgestattet, hatte damals seine Aufmerksamkeit erregt. Dass sie seine Blicke mehrfach erwiderte, trug zu dieser lebendigen Erinnerung nicht unwesentlich bei.

Wie bitte? Genau jene reizvolle Frau, deren Name er nicht einmal kannte, sollte hier sei? Es war ein weiteres Mal einfach der Wahnsinn, was seine Nerven auf diesem Anwesen ertragen sollten. »Und hast du in den Unterlagen die Einrichtung bemerkt, die wir für die ersten Begegnungen besonders schüchterner Novizinnen entwickelt haben? Eine Holzwand, die über einen Ausschnitt am richtigen Ort in der passenden Grösse verfügt, um das Wesentliche zu erreichen, ohne dass die beiden sich erkennen können.« Dies sei eine Einrichtung, die manche Männer im Übrigen auch dann genussvoll einsetzen würden, wenn sie eine professionelle Frau gebucht hätten – »Männer-Psychologie sei Dank«, meinte sie. Darüber hinaus würde diese Erfindung es auch manchen Frauen leichter machen, ihrem Partner den Einstieg in die Erotikmassage zu gewähren. Die Distanz zwischen Masseurin und Klient sei dadurch doch sehr viel grösser als bei der klassischen Massage auf dem Liegebett oder dem Fouton. Und vor allem bleibe so die Anonymität gewahrt.

Dann meinte sie vielsagend: »Wenn du gerne erfahren möchtest, wie sich die Hände einer Jungfrau durch dieses Fenster anfühlen, dann solltest du jetzt in den Schuppen gehen.« Das also hatte sie gestern gemeint mit »kleine Vorspeise« vor dem Frühstück! Dieser Schutz sei massgeblich daran beteiligt gewesen, so Eva weiter, dass Diana diese Frau für ihren Jungfrauenjob gewinnen konnte. Marc solle deshalb diese Trennwand, die im Schuppen ja auch einfach zu umgehen wäre, unbedingt respektieren.

Er konnte nun also doch noch Bekanntschaft machen mit jenem System, auf das er bei seinen Vorbereitungen schweren Herzens verzichtet hatte. Technische Einrichtungen übten auf ihn ohnehin eine grosse Faszination aus. Und wenn sie noch im Zusammenhang mit erotischen Erlebnissen standen, natürlich ganz besonders.

Marc musste seinen Augen einen Moment gewähren, sich an den Wechsel von der grellen Sonne ins Halbdunkel des Schuppens zu gewöhnen. Doch die berüchtigte Holzwand in der Ecke war unschwer auszumachen.

Auch ohne Vorbereitungszeit wusste er gleich, wie er es am liebsten haben mochte. Er würde zunächst seine »Master-Position« einnehmen. Auch bei diesem insgesamt sechsten Akt, wie er – typisch für ihn – mitgezählt hatte, sollte der feste Halt, den die Jeans ihm an den Knien bot, den beabsichtigten Effekt erzeugen. Das Zur-Schau-stellen seines Intimbereiches bei gleichzeitiger Bedeckung des restlichen Körpers erfuhr er schon seit je als eine Form von Vulgarität, die eine starke Wirkung auf ihn ausübte und die bei dieser Gelegenheit besonders gut passte. Dann erst würde er den schützenden Vorhang beiseiteschieben, der die Öffnung noch bedeckte. Die Aussparung in der etwa drei Meter breiten Stellwand mochte in der Breite 25, in der Höhe 40 Zentimeter messen. Gross genug für ungehindertes »Arbeiten«, ausreichend klein, um das Durchsteigen des Mannes zu verunmöglichen.

Marc war dankbar dafür, gesund und fit zu sein und sich diese weitere Aufregung mit wiederum beängstigend erhöhtem Puls erlauben zu können. Der Tod nicht mehr ganz junger Männer wegen Herzversagens bei ausserehelichem Sex zählte in unserer Gesellschaft schliesslich zu den beliebten Bildern, um sich über das Verhalten dieser Männer lustig zu machen. Gleichzeitig illustrierte es, welche Intensität von Genuss damit verbunden sein musste, die einen Körper so ultimativ reagieren liess.

Diese »Durchreiche« in der Stellwand war genau auf der ihrem Zweck dienenden Höhe angebracht. Auf Marcs Seite bot sie in der für ihn passenden Lage einen Querbalken, auf dem man sich bequem aufstützen konnte. Sogar der vor Spriessen schützende Stoff war nicht vergessen gegangen. In dieser angenehmen Position angekommen, schob er erwartungsvoll den Vorhang beiseite. Dass er nicht alleine im Schuppen war, hatten ihm leise Geräusche hinter der Wand bereits kundgetan.

Die Hände, die er durch dieses Loch nun erblickte, passten gut zu jener kleinen Frau, die er damals gesehen hatte und die wie Diana 48 sein musste. Natürlich war auch sie eingewiesen worden in ihren Auftrag, und so begann sie denn mit jenen Streicheleinheiten, die er so liebte. Als besonderes Element hatte er diesmal den Kopfhörer des MP3-Players auf, den ihm Eva mit den Worten »Vielleicht magst du noch diesen kleinen Gefühlsverstärker benutzen?« mit auf den Weg gegeben hatte. Die zweifache Distanz – trennende Stellwand und akustische Abschirmung durch den Kopfhörer – beschwor in ihm eine irreal wirkende Emotion von Nostalgie herauf. Diese doppelte Premiere – ihr erster Auftrag dieser Art, seine ersten Berührungen durch eine Frau ohne kommerzielle Motivation – wirkte ungemein verstärkend. Der Xeno-Faktor, wie er ihn nun vereinfachend nannte, war in dieser Konstellation noch grösser, als er dies in seinen Fantasien angenommen hatte. Und die beiden Höhepunkte gestern Abend hatten ihren dämpfenden Einfluss inzwischen gänzlich verloren.

Dieser Pop-Rock-Instrumental-Titel mit dominanter Kirchenorgel und der merkwürdigen Bezeichnung K4, einer seiner Lieblings-Titel, machte diese Minuten zu einer surrealen Erfahrung. Bei den Creshendi lief es ihm immer wieder kalt den Rücken hinunter. Es war ein Gefühlssuperlativ erster Güte. Es schien ihm, als hätte er den Boden der Realität längst verlassen.

Die Frau musste die Musik wahrgenommen haben. Denn genau mit deren Ende liess sie von ihm ab und schickte sich an, ihren geschützten Standort zu verlassen. Wenige Augenblicke später stand sie zu seiner Überraschung und Freude vor ihm. Nachdem er sich des Kopfhörers entledigt hatte, stellten sich die zwei so lebenserfahrenen Leute mit jener Unbeholfenheit vor, die sonst Teenagern beim ersten Date eigen ist. Andreas Augen drückten auch heute die Scheu aus, die er schon damals in ihrem Blick entdeckt hatte. Ihr dunkles Haar trug sie, Eva nicht unähnlich, kurz geschnitten und jugendlich-frech aufgerichtet. Ihre engen Jeans unterstrichen die knackige Hüftpartie mit den wohlgeformten Oberschenkeln, zwischen denen jene gut bemessene Spanne lag, die Männerfantasien so sehr beflügelt. »Andreas Graben« war Marcs spontane geologische Assoziation dazu. Er fand diesen Einfall echt witzig und etwas beschämend zugleich.

Sie meinte, beinahe hastig, sie hätte ihre Hemmung nun so weit abgelegt, dass sie ihn gerne ohne diese Hürde dazwischen weiter streicheln möge, wenn das für ihn in Ordnung sei. Marc empfand die folgenden Augenblicke nochmals als grandiose Steigerung. Wie sich die Stimulierung in der Mitte des Körpers mit ihrer schöpferischen Bedeutung über sämtliche Fasern bis zu den Finger- und Zehenspitzen verbreitete, war himmlisch.

Marc kämpfte schon seit der ersten Berührung durch ihre feinfühligen Hände mit der Frage, ob er zulassen sollte, dass Andrea ihm das Ende bereiten würde, oder ob er es vorzog, für die kommende 4-Hand-Massage »libidotechnisch« bestmöglich gerüstet zu bleiben. Die Erinnerung an Rio vor 30 Jahren half ihm bei der Entscheidung. Er konnte damit die Frage beantworten, ob er vielleicht auch in seinem fortgeschrittenen Alter noch in die Nähe jener verblüffenden Performance herankommen würde. Immerhin war die Konstellation hier ja noch deutlich aufregender als damals. Für diese Frau musste das Berühren eines fremden Mannes etwas ganz Besonderes sein. Und genau diese psychologische Dimension war es ja, die bei ihm den grossen Unterschied ausmachte. Er wollte also in den Händen dieser Jungfrau kommen, unbedingt. Der Gedanke beflügelte seinen Herzschlag erneut.

Diesmal zog er sich ein Kondom über, jenes Utensil, das ihn seit der ersten Begegnung im Weinkeller immer begleitete – für alle Fälle. Er wollte den Genuss nicht dadurch beeinträchtigen, dass er auf das Verhindern unerwünschter Spuren an Andrea oder an sich selbst achten musste. Nach einigen Minuten fortwährender, erneut ungemein beglückender Berührungen ergab er sich in ihren Händen und erfuhr diesen dritten Höhepunkt als besonders intensiv.

Erleichtert darüber, welch offensichtlich grosse Wirkung sie bei Marc erzielt hatte, kündigte Andrea nach einem weiteren kurzen Wortwechsel an, das Anwesen nun wieder zu verlassen. Sie hob hervor, wie aufregend diese Begegnung für sie gewesen sei. Sie gehe mit einer ganz neuen Erfahrung nach Hause, die ihr erheblich mehr Spass gemacht hätte als erwartet. Und sie könne sich durchaus vorstellen, das Teilzeit-Jobangebot von Maneva anzunehmen. Marc bedankte sich nochmals in aller Form für die unvergesslichen Minuten, die sie ihm mit dieser Begegnung geschenkt hatte.

Gemeinsames Frühstück
Die übrigen Besucher dieser einsamen Villa – Eva, Lorena, Shila, Michelle und Marc – fanden zu ihrem späten, ausgiebigen Frühstück zusammen, das Michelle in ihrer Nebenrolle aufgetischt hatte. Jetzt, wo sie demaskiert war, durfte sie sich selbstredend gemeinsam mit den anderen an den Tisch setzen.

Das Gespräch mit Eva empfand Marc wie schon am ersten Tag sehr anregend. Auf seine Frage nach der Akzeptanz ihres Unternehmens in der Öffentlichkeit erhielt er ein aufschlussreiches, erstaunlich positives Bild davon, wie offen unsere Gesellschaft mit dem Thema Erotik heute umzugehen schien. »Wir bekommen in der überwiegenden Mehrzahl wohlgesinnte Rückmeldungen zu unseren Dienstleistungen und vor allem zu unseren Grundsätzen. Und dies absolut nicht nur von den Kunden. Auch in den Medien wird meist sehr wohlwollend über uns berichtet. Sogar die sogenannt seriösen Medien haben teilweise sehr ausführlich über die Ziele, das Leitbild, die Firmenkultur, unsere fortschrittlichen Anstellungsbedingungen oder das positive Arbeitsklima berichtet«, meinte sie nicht ohne Stolz. Vor allem aber würden auch Beiträge über ihr Engagement für eine offenere Gesellschaft veröffentlicht, dies nicht selten in der Form von Interviews. Und sie hätten schon mehrfach auch positive und dankbare Rückmeldungen von Eheberatern erhalten, deren Klienten mit ihrer Hilfe den Weg aus einer Ehekrise gefunden hätten. Sie und Reto würden solche Bestätigungen ihrer Mission natürlich jeweils ganz besonders freuen. Es gäbe selbstverständlich wie überall auch die Kritiker und Nörgler. »Da diese vor allem aus sehr konservativen, auch kirchlichen

Kreisen, kommen, beeindruckt uns dies jedoch nicht im Geringsten. Im Gegenteil: Es ist gut, dass wir eine vertiefte Auseinandersetzung in Gang setzen konnten, an der sich alle beteiligen. Genau dieses Ziel verfolgen ja auch die Grundsätze 4 und 8 unseres Leitbildes.«

Marc war schwer beeindruckt. Mancher Manager etablierter Unternehmen könnte sich eine Scheibe abschneiden von dieser Frau. Anstatt schön klingende Grundsätze einfach nur des guten Images wegen in die Hochglanz-Broschüren zu drucken, wie man es zur Genüge kannte, lebte sie die Firmenphilosophie voll und ganz.

Aber auch der Austausch mit den beiden Masseurinnen, Shila und Lorena, war interessant und sehr herzlich. Marc erfuhr mehr über deren Herkunft und Hintergründe, darüber, wie sie zu ihren Jobs gekommen waren und wie sie ihre Arbeit werteten. Beide schienen den Job zu schätzen. Lorena fand die Agora-Landschaft besonders anregend. Der Ort würde ein spezielles Ambiente ausstrahlen. »Ich liebe es, in einer Stunde fünf Männer mit dem Quick-Job bedienen zu können. In einem Fall sind es sogar schon mal acht gewesen. Da habe ich das Gefühl, wirklich viel geleistet zu haben«, quoll es aus ihr stolzerfüllt hervor. »Es ist doch gut, dass durch dieses Angebot auch Männer mit wenig Geld sich diesen sexuellen Kick leisten können. Dass sie ihre sexuelle Energie auf diese Weise ableiten können, bewahrt bestimmt auch die eine oder andere Frau auf der Strasse vor einer blöden Anmache.«

Shila mochte die Business und Personal Services hingegen mehr. Sie würde deshalb auch vor allem dort eingesetzt. Bei der First Class schätzten es beide besonders, dass die Frauen sich auch gegen einen Kunden entscheiden konnten, wenn dieser einen Service mit Nacht inklusive buchte. »Ein Wochenende oder sogar Kurzferien mit einem Mann kann zwar eine ganz tolle und bereichernde Erfahrung sein, aber eben auch das Gegenteil«, meinte Lorena und presste dabei ihre Lippen zusammen. Das Vorgespräch mit dem Kunden sei deshalb besonders wichtig. Eva würde hier auch nie Druck auf die Frauen ausüben, etwas zu tun, was ihnen widerstrebe.

Shila sprach auch vom tollen Team und dem guten Arbeitsklima bei Maneva. Eva fügte selbstbewusst an: »Dies ist sicher auch dem Umstand zu verdanken, dass wir bei der Rekrutierung und Selektion nicht nur auf das Äussere, sondern ebenso auf den Charakter und auf Teamfähigkeit achten.«

Auch Michelle äusserte sich anerkennend über ihren Arbeitgeber. Ob sie denn ihren überzeugenden Servierjob im Voraus eingeübt hätte, wollte Marc wissen. »Nein, meine Eltern besitzen in Colmar ein Restaurant, in dem isch immer mal wieder auselfe«, klärte sie ihn, diesmal mit viel Schalk in ihren Augen, gerne auf.

Lorena meinte, dieses Wochenende sei für sie alles andere als Routine, und dies nicht nur wegen des erlesenen und faszinierenden Ortes. Sie beide seien, nachdem feststand, dass sie die Auserwählten sein würden, durch Eva und Diana in allen Details in die Pläne eingeweiht worden. »Eva hat uns ans Herz gelegt, einen besonders guten Job zu machen. Der Kunde sei nicht irgendein normaler Kunde, sondern so etwas wie ein Testobjekt, und ein wichtiges dazu.« Niemand in der Runde konnte sich sein herzhaftes Lachen verkneifen.

Und sie wiederholte – diesmal in Anwesenheit der anderen Frauen –, dass die besonderen Umstände gestern auch auf sie als Frau ihre erotische Wirkung nicht verfehlt hätten.

Marc erfasste bei diesen offenen, herzlichen Worten eine sonderbare Mischung aus Verlegenheit und Stolz. Er würdigte nun seinerseits die tolle Organisation dieses für ihn noch immer unfassbaren Wochenendes. Und vor allem rühmte er das hohe Einfühlungsvermögen der drei Frauen, die ihm genau das gegeben hätten, was seit mehr als zwei Jahrzehnten sein Traum gewesen sei. Auf seinen Hinweis, er hoffe, dieses Lob nach der noch folgenden letzten Massage nicht zu bereuen, folgte der nächste Lacher.

Die Frauen spürten, dass diese Anerkennung vollkommen aufrichtig war. Marc war nicht der Typ, der Frauen mit zielorientiertem Charme für sich einzunehmen versuchte. Und er hatte bei den Begegnungen auch unzweideutig erkennen lassen, welche Dimension von Genuss sie ihm bereiteten. »Ich habe die Hingabe von euch Frauen buchstäblich mit Händen gespürt.« Nach dem erneuten Gelächter wollte er sich nochmals vergewissern, dass sein Lob auch wirklich richtig angekommen war: Die Begegnungen mit ihnen hätte all seine bisherigen erotischen Erfahrungen klar in den Schatten gestellt.

Shila und Lorena
Marc hatte sich schon während des ganzen Frühstücks auf diese abschliessende Vierhand-Massage durch Lorena und Shila gefreut. Er wusste, dies würde trotz seiner nach drei Orgasmen verminderten sexuellen Lust

eine besondere Stunde werden. Die Mischung aus sanften Berührungen und kräftiger Muskelbearbeitung würde er als sehr wohltuend und beruhigend erfahren, wie er es von klassischen Massagen kannte. Diese Wohltat für den Körper nun gleich durch zwei so attraktive Frauen empfangen zu dürfen, war allein schon ein ganz besonderes Privileg.

Diese Massage hatte Eva in einem der Schlafräume im obersten Geschoss der Villa angesetzt. Als Marc dort ankam, wurde er von den beiden viel Exotik ausstrahlenden Frauen bereits erwartet. Shila in einem gediegenen Sari, Lorena diesmal mit einem eng anliegenden roten Kleid aus Stretch-Material, das ihre Formen besonders gut zur Geltung brachte. Er fragte sich bei diesem Anblick, welcher Teil seines erhöhten Pulses auf das Konto der erklommenen zwei Treppen ging, und was davon diesem ästhetischen Bild und der Vorfreude geschuldet war.

Marc legte sich sogleich bäuchlings auf die bereitstehende Liege. Die Frauen hatten damit den freieren und bequemeren Zugang zu seinem Körper als auf einem Fouton. Die beiden Masseurinnen machten sich umgehend an die Arbeit. Shila an Marcs Rücken, Lorena bearbeitete seine durchtrainierten Beine. Die sehr gekonnt ausgeführte, zwischen Lorena und Shila perfekt abgestimmte Massage war in ihrem ersten Teil vor allem wohltuend und entspannend. Die Wirkung von vier Händen gleichzeitig übertraf jene einer Zweihandmassage bei weitem. Ihm als Ingenieur kam dabei der Vergleich zwischen dem anfahrenden Regionalzug und dem startenden Düsenjet in den Sinn.

Marc nahm sich sogleich vor, mit einem Gutschein für eine zweistündige Vierhand-Massage nach Hause zu fahren, den Eva für ihn vorbereiten sollte. Er freute sich sehr darauf, Diana für ihre grosse Tat auf diese Weise zu danken, ihr seine besondere Wertschätzung auszudrücken dafür, dass sie ihn von seinem Albtraum befreit hatte.

Shila hatte Marcs Intimstelle für diesen klassischen Part der Massage bedeckt. Die Erotik sollte für den Moment im Hintergrund bleiben. Es blieb ihm überlassen, die Steigerung auszulösen, wann immer ihm danach sein mochte. So hatten sich die Drei im Voraus abgesprochen.

Die mit viel Bedacht ausgeführten Berührungen und die seit dem letzten Orgasmus verstrichene Zeit liessen diese Lust, die Lust, zarte Hände erneut an seinen Genitalien zu spüren, denn auch bald schon wieder aufleben. Auf Marcs unmissverständliches Zeichen hin schafften es Shila und Lorena, ihm eine weitere ausgesprochen erotische Erfahrung zu bereiten. Shilas Hände an den Beinen, Armen oder der Brust, jene Lorenas an seinem Lustzentrum zu spüren, war ein Erlebnis, das ohne Frage kein einziger Mann verschmähen sollte. Es wäre dies, als ob man von der Schönheit der Bergwelt immer wieder gehört, sich jedoch zeitlebens in der Wüste aufgehalten hätte.

Diese Berührungs-Symphonie löste bei ihm eine Erregung aus, die so stark war, als reiche seine letzte Entspannung bis ins vergangene Jahr zurück. Es fiel ihm infolgedessen besonders schwer, sich einen weiteren, den vierten Höhepunkt zu verkneifen. Er zögerte dabei, Lorena als einzige unter den Frauen, die ihn noch nicht zum Gipfel geführt hatte, zu bitten, ihre harmonischen Bewegungen auszusetzen, wenn er diesem nahe war. Doch er wollte den grossen Appetit bewahren für das Wiedersehen mit Diana. Er malte sich aus, wie die Erlebnisse in dieser Villa der Vereinigung mit ihr heute Abend eine ganz besondere Qualität verleihen würden. Diese liebenswerte Begründung nahmen die beiden Schönheiten besonders positiv auf. Nach einem weiteren klassischen Teil, bei dem Marc von seiner Erregung herunterkommen konnte, fand die Massage ihr Ende.

Auch diese Spezialmassage war eine äusserst beglückende Erfahrung. In ihrer Gesamtanlage war sie eine wunderbare körperlich-seelische Reise. Ein wahres Gedicht. Auch der sexuelle Reiz übertraf jenen, den Sex mit einer langjährigen Partnerin ausübte, bei Weitem. Doch nochmals Welten lagen zwischen der erotischen Wirkung eines solchen Standardprogramms und der psychisch-physischen Wucht, welche die exakt auf die eigene Fantasie massgeschneiderten Begegnungen mit Lorena, Shila, Michelle und Andrea zuvor erzielten. Marc liess alle noch anwesenden Frauen wissen – auch Michelle war inzwischen abgereist –, wie wichtig in seiner Überzeugung nicht nur die Vielfalt ihres Angebotes war, sondern ganz besonders die Gelegenheit, erotische Fantasien so wirklichkeitsnah wie möglich zu gestalten.

Die Verabschiedung von Eva, Shila und Lorena war ausgesprochen herzlich. Alle spürten, dass sie sich nicht zum letzten Mal gesehen haben würden, in welcher Konstellation ein Wiedersehen auch immer erfolgen möge.

Eine Stunde später befand sich Marc, in seinem Wagen ruhig dahingleitend, auf dem Heimweg. Einmal mehr wurde ihm bewusst, welch gewaltige Dimension Dianas Geschenk hatte, welch unfassbare Überraschung ihr damit gelungen war. In diesem Moment erfasste ihn ein Gefühl, das neben der fortwährenden Verblüffung erneut vor allem tiefe Dankbarkeit ausdrückte. Er versuchte gar nicht erst, die Tränen zu unterdrücken, die ihm dabei in die Augen stiegen. Er sah diese Regung auch als Ventil, das den emotionalen Überdruck entweichen liess, der sich in ihm über die Jahre aufgebaut hatte.

6
Das Tagebuch

Diana war hocherfreut über die ultimative Erfolgsmeldung, mit der Marc von seinem Frankreich-Wochenende zurückgekehrt war. Sie wusste, dass sie ihm damit seinen grössten Traum erfüllen würde. Doch Dankbarkeit in dem Ausmass und in dieser emotionalen Form hatte sie nicht erwartet. Wie er sich bei ihr ausgeweint hatte vor Glück und, wie er sagte, wegen der Unvorstellbarkeit dieses Geschenkes, ergriff sie im Innersten ihres Herzens.

Marcs originelles Präsent, die Vierhand-Massage, würde sie gerne bald einlösen. Diesmal vielleicht sogar mit männlicher Beteiligung. Der Gedanke an die Kombination von Frauen- und Männerhänden, wie Marc es in dem kurzen, sehr herzlichen Begleitbrief angeregt hatte, führte bei ihr nicht mehr zu gemischten Gefühlen, im Gegenteil. Dies hatte sie der offeneren Haltung zu verdanken, die sie zu ausserehelichem Sex mittlerweile gefunden hatte. Doch sein ganz grosses Geschenk für sie war, dass er ihr Einblicke in sein Tagebuch gewährte. Diese passwortgeschützten elektronischen Aufzeichnungen waren bisher sein persönliches, intimes Geheimnis. Dabei hatte er nie verschwiegen, dass dieser Verschluss auch mit seinen besonderen sexuellen Fantasien zu tun hatte, die darin verborgen waren.

12. November 2007
Es ist zum Heulen. Heute war ich nach langer Zeit wieder einmal auf heissen Internetseiten. Die Lust, an der Stelle jenes Mannes zu sein und eine fremde Frau zu spüren, ist gigan-

tisch. Was soll ich tun? Auf solche Ausflüge verzichten? Diana über meine Not informieren und sie bitten, mich in solchen Momenten zu entspannen? Die Lust selber abwürgen? Sex heimlich kaufen? Ich werde noch verrückt. Die Lust ist derzeit so gross, dass es direkt schon weh tut. Ich bin gierig auf Fleisch. Am liebsten hätte ich jene Frau gleich »oral verschlungen«.

15. April 2008
In den letzten Tagen habe ich mir überlegt, wie sich der Umgang mit Sexualität über die Jahre bei mir entwickelt hat. Das war ein langer Prozess, der immer weiter wegführte von den Werten und Vorstellungen, die unsere westliche Gesellschaft hochhält. In meiner Jugend war ich mit meinem Sexleben noch mehr oder weniger im Reinen. Alles war noch so neu, dass ich keine grossen Probleme damit hatte, mich in den ersten ein, zwei Jahren mit derselben Frau zu begnügen. Ich sah die Monogamie als das normale Modell in unserer Gesellschaft. Doch schon damals war es für mich nicht einfach zu akzeptieren, dass andere attraktive Frauen sexuell tabu sein sollten. Und allmählich wurde mir klar, dass mich das Fremde mehr anzieht, viel mehr sogar. Den Mut, dies klar auszusprechen, hatte ich in meinen jungen Jahren jedoch nicht. Bei Diana kann ich mir in dieser Beziehung wenigstens nichts vorwerfen. Sie weiss schon seit unserem ersten Mal, dass für mich Sex keine Gefühle voraussetzt, dass Liebe und Sex in meinem Empfinden nichts miteinander zu tun haben. Sie wusste auch schon sehr früh, dass mich andere Frauen sexuell stark anziehen.
In den letzten Jahren habe ich meine Selbstvorwürfe und -zweifel nach und nach überwunden und bekenne mich zu meinen Gefühlen. Das hilft mir in der Praxis zwar nicht wirklich weiter, aber es entlastet moralisch ungemein.

4. September.2008
Ich habe aufgehört damit, unser westliches Modell totaler sexueller Treue einfach als gegeben zu akzeptieren. Das ist doch nichts anderes als die Frucht unserer lieben Religion. Es ist ein weiteres tolles Produkt dieser menschengemachten Bücher – so wie die Kriege, die im Namen der Religion geführt wurden und die Millionen von Opfern gefordert haben.

18. April 2009
Es gibt nichts, wirklich absolut nichts, was ich auch nur annähernd so gerne tun würde, wie Sex mit einer fremden Frau zu haben. Dabei müsste sie noch nicht einmal besonders attraktiv sein. Es ist das Fremde, das Unbekannte, das Neue, das reizt. Ich bin mir inzwischen sicher, dass ich als Mann mit diesen Gefühlen nicht alleine bin. Ich gehe davon aus, dass ich zu den ganz normalen Männern zähle, so, wie die Natur sie geschaffen hat. Wenn ich nur an die Zeit im Militär zurückdenke – das war unter den Männern nicht ein wichtiges Thema. Es war das dominierende. Dass ich mich an jenen meist primitiven Dialogen nicht beteiligt habe, lässt mich sogar ziemlich gut aussehen innerhalb unserer Spezies. Aber auch wenn man in die Promi-Szene schaut, wird einem das Dilemma des Mannes klar. Und man muss nur das Zahlenverhältnis zwischen weiblichen und männlichen Prostituierten anschauen ...

12. Mai 2009
Diese Lust auf möglichst viele Frauen soll nach der Unterschrift unter den Ehevertrag für den Rest des Lebens einfach weg sein, ausgeblendet? Als ob Mann sich in seinen jungen Jahren so austoben könnte, dass ihm dies für die kommenden Jahrzehnte reichen würde. Das ist lächerlich. Das funktioniert ebenso wenig, wie dass der Mann das Kind in sich ablegt, wenn er 20 wird. Glücklicherweise erhalten sich die meisten Männer diese Leichtigkeit bis ins hohe Alter. Manche verstoh-

len und nur im engen Kreis, andere ohne Hemmungen auch in der Öffentlichkeit. Das ist doch auch gut so. Kaum jemand in unserer Gesellschaft würde darin etwas Schlechtes sehen, dass sich jugendliche Regungen auch im Erwachsenenalter noch melden. Wäre ja auch sehr schade. Und genauso sehe ich das beim Thema Sex. Ich bin frustriert über das Verpasste. Während sehr vieler Jahre schon habe ich einen idiotischen, gewaltigen Verzicht geleistet.

26. Juni 2009
Wir hatten nun schon seit mehr als 2 Monaten keinen Sex mehr. Auch bei mir ist die Lust im Vergleich zu früher deutlich geringer. Dachte ich jedenfalls ... Aber hallo: Da geht ja noch ganz viel. Hier schlummert ein riesiges Potenzial, das geweckt werden will. Beim Tanken habe ich an der benachbarten Säule eine leicht gekleidete, äusserst aufreizende Frau gesehen. Sie hat meinen Blick mehr als einmal erwidert. Meine Lust meldete sich daraufhin mit voller Wucht zurück. Ich finde, ein Mann sollte dieses Glückspotenzial auch in einer festen Beziehung nicht ungenutzt lassen müssen.

28. Juni 2009
Sex hat bei mir mit Liebe nicht wenig zu tun. Sie hat damit nichts zu tun. Absolut nichts. Wobei – eigentlich ist diese Aussage falsch. Bei mir beeinträchtigt Liebe die Lust auf Sex. Nähe, Geborgenheit, der Wunsch, dass es Diana gut geht, führt zum genauen Gegenteil dessen, was unser Idealmodell vorgibt. Meine beste Freundin kann nicht gleichzeitig die attraktivste Partnerin im Bett sein. Auch nicht annähernd. Liebe ist für mich Nächstenliebe, nicht Sex. Es ist so offensichtlich, dass Frauen in dieser Hinsicht anders fühlen. Für Diana scheint es nicht das geringste Problem, sich sexuell mit mir zu begnügen. Ich wäre ehrlich gesagt froh, auch sie hätte etwas von diesem teuflischen Gen, dann könnten wir uns wenigstens verständigen. Dann wüsste sie, dass sie nichts

dafür, aber auch nichts dagegen tun kann, wie ich empfinde. Dann wüsste sie, dass ich sie deswegen nicht weniger lieb habe. Es ist einfach die Natur des Mannes. Habe mal gelesen, damit soll die Reproduktion angekurbelt werden. Das entlastet ein wenig.

7. Juli 2009
Ich finde, ich habe ein Recht, selber zu bestimmen, wer was an meinem Körper tut. Dieser Verzicht auf den grösstmöglichen Genuss ist völlig idiotisch. Dieses Opfer während Jahren zu erbringen, ist absolut unerträglich. Wenn sich eine Frau total sperrt, die diesen Zusammenhang erkennt, dann ist das egoistisch.

27. Juli 2009
Inzwischen bin ich schon so weit: Es sind nicht die Frauen, die durch die Männer, sondern die Männer, die durch unser Gesellschaftmodell betrogen werden, betrogen durch das Modell der Monogamie. Dieses Modell ist unnatürlich, es widerspricht der Natur des Mannes. Davon bin ich mittlerweile überzeugt. Mir ist klar, dass Diana anders fühlt. Bei ihr gehören Liebe und Sex zusammen. Wie wohl bei der Mehrzahl der Frauen. Aber kann ich etwas dafür, dass ich ein Mann bin? Wenigstens weiss sie aus ihren eigenen zahlreichen Erfahrungen mit ihren früheren Männern, dass ich da absolut keine Ausnahme bin. Ich weiss einfach nicht, wie ich Diana beibringen kann, dass ich so nicht mehr weiterleben kann, weiterleben will. Eigentlich weiss sie es, wir haben darüber in allgemeiner Form mehrfach gesprochen. Wenn es darum ging, was meine konkreten Wünsche und Vorstellungen betrifft, steuerte sie das Gespräch dann aber immer wieder in Richtung Niet.

18. Mai 2010
Soll ich einfach ausbrechen, den Sex auswärts suchen und alles für mich behalten? Diana hat ja schon mehr als einmal

während eines Films klar gemacht, dass sie von einem Seitensprung, wenn er denn geschehen sollte, nichts wissen möchte. Ich muss die Initiative ergreifen und mich mit Diana aussprechen. Zwischen uns steht eine Wand. Und beide wissen das. Ich hoffe, wenn ich mit ihr einmal ernsthaft über meine Probleme gesprochen habe, dann wird sie selber kein Interesse mehr daran haben, mir dieses körperliche Glück zu verwehren.

13. September 2010
Es ist so schwierig, dieses Thema. Es beansprucht einen erheblichen Teil meiner geistigen und seelischen Energie. Ich weiss nicht wirklich eine Lösung. Man könnte geradezu neidisch werden auf die Männer im arabischen Raum.

18. Dezember 2010
Diana hat heute gefragt, wozu das Leben eigentlich da sei. Meine Meinung: dafür, dass wir die Freude am Leben maximieren bei gleichzeitiger Beachtung des Grundsatzes, andere nicht zu schädigen und ihnen wenn möglich Gutes zu tun. Wenn ich meine Lebenspartnerin dadurch schädige, dass ich etwas tue, was mir enorm Lebensfreude bringt und nichts mit meinen Gefühlen ihr gegenüber zu tun hat, dann stimmt an diesem Grundsatz etwas nicht. Denn dann wird umgekehrt der Partner geschädigt, dem diese Lebensfreude verwehrt wird. Ich empfinde es immer grotesker, darauf verzichten zu müssen. Und ich hasse unsere Gesellschaft für diese Verklemmtheit, diese Falschheit ...

13. Februar 2011
Ich werde älter und älter. Bald steht die fünf davor. Es beginnt mich immer mehr zu belasten, dass ich diese Freude nicht in meinen jüngeren Jahren erleben konnte. Damals, als ich auch noch weniger Hemmungen hatte, vor einer Frau zu stehen, die 25 oder 30 ist. Ich habe auch Angst davor, dass das Lustpotenzial mehr und mehr versiegt und ich diese Freuden nicht

mehr richtig auskosten kann. Ich wäre mit Berührungen ja schon zufrieden. Vielleicht auch für den Rest meines Lebens. Diese Spezialität sollte es Diana doch einfacher machen, mir diese Erfahrung, auf die ich schon seit Jahren hinfiebere, zu ermöglichen. Es müsste auch nicht das superjunge Häschen sein. Ich würde mich mit einer Gleichaltrigen zufrieden geben, wenn Diana dies helfen würde. Wenn es denn nur fremde Hände sein dürften, die mich berühren ...

5. Juni 2011
Sollten Diana und ich Sex mit anderen Partnern haben, muss dies für mich überhaupt nicht bedeuten, dass wir uns sexuell aus dem Weg gehen. Vielleicht ist eine Begegnung dadurch, dass wir nicht glauben, uns gegenseitig unsere schönsten Träume erfüllen zu müssen, besonders schön, da sie frei von jeder Last ist. Vielleicht würde es mir dann sogar leichter fallen, mich auf das einzulassen, was für sie in der Erotik wichtig ist, weil meine eigenen Fantasien in diesem Moment in den Hintergrund treten könnten.

13. Januar 2012
Habe ein niveauvolles Erotik-Dating Portal entdeckt. Würde mich sehr reizen, das mal auszuprobieren. Mehr als der Chat-Service dieses Erotik-Etablissements, bei der sich Gleichgesinnte elektronisch oder physisch treffen können. Die eine liierte Frau, die sich – unter Anwesenheit ihres Partners – dort allen sauberen Männern anbietet, hat mich allerdings alles andere als kalt gelassen. Es hat mir einmal mehr vor Augen geführt, wie gewaltig meine Lust auf fremde Frauenkörper ist.

22. Mai 2012
Auf Dianas Frage gestern während des Sex, woran ich gerade denke, habe ich die Massage durch vier Hände erwähnt. Ich habe die Hoffnung, dass wir einen Mittelweg finden werden – ab und zu Berührungen durch fremde Hände, anfangs be-

zahlt, dann vielleicht auch mal unter Gleichgesinnten. In Swinger-Clubs müsste das doch zu finden sein. Warum ist für Diana der Gedanke, dass ich mir eine erotische Massage gönne, eigentlich so schlimm? Warum denn dieses extreme Monopol auf die Berührung der erogenen Zone des Mannes, was soll das? Das ist in meinem Verständnis keine Liebe, sondern Besitzenwollen und eine Form von Egoismus. Ich kann das einfach nicht einordnen, habe dafür keine Erklärung, die Sinn macht. Die Angst, dass die Wünsche nach den ersten Erfahrungen weitergehen könnten, wie sie es einmal erwähnt hatte, scheint mir nicht logisch. Mit dieser Begründung dürfte ja auch der Besuch einer Table Dance-Veranstaltung wie damals in Paris nicht ok sein, hier ganz besonders wird doch der Wunsch nach mehr ausgelöst.

02. August 2012
Immer wieder suche ich nach passenden Bildern und Vergleichen. Zum Beispiel so: Warum soll ich mein ganzes Leben lang auf Schokolade verzichten, die ich so gerne mag? Warum nur Kartoffeln essen? Auch dann, wenn diese unter den Beilagen die Leibspeise sind, möchte ich Abwechslung. Warum soll die Familie immer an denselben Ort in die Ferien reisen, wenn andere inzwischen mehr reizen?

12. September 2012
Beim Sex diese Nacht habe ich mir eine weitere Sache überlegt: Wie sollte die Monogamie denn als Normalmodell funktionieren können, wo es den meisten Paaren kaum möglich ist, sich gegenseitig alle geheimen Wünsche zu erfüllen? Die Vorstellung, es beim Französisch auch einmal ungeschützt bis zum Ende geniessen zu können, ist zwar nicht die ultimative Fantasie, die ich je hatte. Sie ist aber – besonders in der Erregung – auch nicht das Letzte, was ich mir wünschen würde. Das ist bei vielen Frauen auch zu haben, wie ich aus Gesprächen weiss. Nicht mit Diana. Ich möchte das auch nicht mit

ihr. Nicht einmal dann, wenn sie sich dazu überwinden könnte. Ich würde mich unter diesen Umständen gar nie darauf einlassen wollen. Bei einer Frau, die das ungefragt anbietet hingegen, könnte das schon mal ein ganz besonderer Kick sein. Das zeigt doch, wie unsinnig das totale Verbot auf fremde Partner oder Partnerinnen ist. Es kann doch einfach nicht sein, dass dieses Lustpotenzial, das die Natur dem Mann mitgegeben hat, für Jahrzehnte brach liegen soll, versiegen muss. Das kann nicht im Sinne des Erfinders sein. Würden wir von der Frau erwarten, dass sie sich für den Rest des Lebens mit einem einzigen Kleid begnügt? Wenn Diana etwas gerne tun möchte, dann sehe ich keinen Grund, ihr den Wunsch zu verwehren. Egal, was es ist – ob das Kleid oder eine Erfahrung mit einem fremden Mann. Sie entscheidet darüber, was ihr wichtig ist.

25. November 2012
Immer dasselbe, ob Film, Bekannte oder Diana: Eine Frau würde lieber gar nicht wissen, was in einem Mann zum Thema Frau vor sich gehe und wolle von einem Seitensprung gar nichts erfahren. Kann das die Lösung sein? Seine Gedanken für sich behalten? Oder mit einer Lüge herum laufen? Das verstehe ich nicht unter Partnerschaft. In einem Buch zum Thema »Besserer Sex« hat ein Therapeut darüber berichtet, dass Frauen beim Sex von Dingen träumen, die sie ihrem Partner besser nicht erzählen würden. Was ist denn das für eine Gesellschaft, wo ich dem mir am nächsten stehenden Menschen meine Tagträume nicht mitteilen soll? Ich sage: Das ist total krank.

22. Februar 2013
Geschäftsreise nach Hamburg. Der Besuch in Sankt Pauli abends hat mich total aufgewühlt. Diese äusserst lecker präsentierten Angebote auf dem Servierteller (pardon: im Schaufenster) liessen mich beinahe das Handy in die Hand nehmen

und Diana anflehen, dass ich mir eine Feinmassage gönnen darf. Der Verzicht darauf war kaum zu leisten und hat mich beinahe übermenschliche Kraft gekostet. Auch in Moskau damals war es kaum auszuhalten. Aus diesem Anlass habe ich auf der Rückreise den folgenden Slogan kreiert: Männer in fester Beziehung sind in unserer Gesellschaft arme Schweine. Ich empfinde es als Verbiegen meiner Persönlichkeit, wenn ich diesen Genuss nicht erleben darf, als Gefängnis ohne Sinn, ohne Straftat, das halbe Leben verpasst. Es gibt nichts, was ich mir vorstellen kann, das mir auch nur annähernd so viel Freude bereiten könnte wie Sex mit einer anderen Frau. Eine Begegnung, bei der weder sie noch ich wissen, was uns erwartet. Was soll daran schlecht sein, Freude zu erfahren? Das Ganze nimmt inzwischen traumatische Dimensionen an. Ich habe den halben Lebensgenuss verpasst.

3. April 2013
Gestern Nacht lag ich im Bett lange wach. Ich hab' mir dabei mal den folgenden Dialog überlegt. Mann: Was würdest du in deinem Leben am liebsten einmal noch tun? – Moment, da muss ich überlegen, eigentlich gibt es nicht viel, ich bin mit meinem Leben zufrieden. Frau: Und was würdest du in deinem Leben am liebsten einmal noch machen? – Die Hände einer anderen Frau an mir spüren. – Ja, sind dir denn meine Hände nicht gut genug? – Muss ich mich denn dafür schämen, so etwas zu wollen? Und warum ist etwas, das ich so gerne tun würde und das ungefährlich ist, denn nicht erlaubt?

27. Juni 2013
Warum akzeptiert die Gesellschaft, dass Millionen von Leuten es nicht schaffen, auf das Glas Wein zu viel zu verzichten, ihr Gewicht zu halten, ungehalten oder aggressiv zu reagieren, das Rauchen aufzugeben ... nicht aber, dass der Mann jenem Trieb ab und zu nachgibt, der von Natur aus stärker ist als alle restlichen Triebe zusammen? Und noch ein weiterer Gedanke:

Es dürfte im Bereich der Sexualität wohl bei jedem Mann viele Dinge geben, die er gerne erleben und ausprobieren würde und die ihm seine Partnerin nicht bieten kann. Vielleicht das Gefühl, wie es sich mit einer korpulenten Frau anfühlt. Lange dunkle Schamhaare statt der blonden und kurzrasierten. Einen grossen, straffen Busen berühren. Wieder einmal mit Händen die natürliche Feuchte jener Erregung spüren, wie sie die Partnerin nach mehreren Geburten und in den Wechseljahren nicht mehr bieten kann. Den Unterschied zwischen Natur- und Silikon-Busen ertasten. Die Hände einer ganz besonders zierlichen Frau an sich spüren. In einer supergrossen, starken Frau die eigenen Grenzen wahrnehmen. Sich fesseln lassen, ohne dabei Hemmungen zu haben. Einen sogenannten trockenen Orgasmus erleben, der Expertise erfordert. Mit einer Frau zusammen sein, die ein »männliches« Lustpotenzial aufweist, eines, das auf reinen Sex ausgerichtet ist und allein schon durch den Gedanken »daran« voll entfacht wird. Eine Erfahrung mit einem solchen Vergrösserungsutensil machen dürfen, wie es die meisten Frauen nicht mögen. Sich auf Französisch bis ans Ende gehen lassen. Unterschiedliche körperliche und akustische Regungen erfahren ... Ein lebenslanges Verbot für solche Erfahrungen ist aufgeklärten, erwachsenen Menschen schlicht unwürdig.

30. Juni 2013
Ich war in meinen jungen Jahren schon mal mit dem Ratschlag konfrontiert, wegen meiner Lust auf fremde Frauen externe Hilfe in Anspruch zu nehmen. Das macht mich heute glatt sauer. Wer Hilfe braucht, sind jene, die mit dem Verweis auf den Ehevertrag solche Begierden einfach vom Tisch wischen. Ich muss das hier schon wieder anführen: *Das* ist krank.

5. Juli 2013
Wahrscheinlich wirkt das Fremde bei mir stärker als beim Durchschnittsmann. Ich denke da etwa an die Missbrauchsfäl-

le in der eigenen Familie, die so verbreitet zu sein scheinen. Aber auch an die Aussage eines Familienvaters in einer Fernsehsendung, der sich zu unverfänglichen Zärtlichkeiten mit der eigenen Tochter geäussert hatte: Wenn sich in ihm in solchen Momenten sexuelle Gefühle zu regen begännen, würde er sich einfach in schützende Distanz begeben. Das ist bei mir absolut kein Thema. Lea zu drücken ist für mich nicht anders, als wenn ich Christian in die Arme nehme. Sexuelle Regung gleich null. Der Gedanke an Sex mit meiner Tochter führt blitzartig zu dieser iiihh-Reaktion. Ganz im Gegensatz zu dem, was die eine oder andere adrette Kollegin von Lea in mir auslöst. Dieses »Fremddenken« dürfte auf der anderen Seite auch mit dem Empfinden Diana gegenüber korrelieren, wo die Nähe und Vertrautheit zu einem mittlerweile grossen Verlust an sexuellem Reiz geführt hat.

12. Juli 2013
Diana müsste meine Signale inzwischen doch erkannt haben. Sie müsste wissen, wie sehr ich darunter leide. Und wenn sie das weiss, dann müsste sie mir doch ein wenig Freiheit zugestehen. Oder sie würde mir wenigstens mitteilen, dass sie dies zwar im Prinzip tun möchte, sich jedoch nicht dazu überwinden kann. Das wäre sehr viel besser, als einfach zu schweigen. Dosierte Freiheiten würden es mir wahrscheinlich leichter machen, mit den Konflikten und den Unterschieden zwischen Diana und mir umgehen und damit leben zu können. Unsere Beziehung würde – vorausgesetzt, dieses Modell wäre für Diana möglich – wohl entspannter und schöner als all die Jahre zuvor.

20. Juli 2013
Das einzige, was ich der westlichen Verbotskultur für mich an Positivem abgewinnen kann, ist, dass diese jahrelange Sehnsucht und Lust zu einem noch grösseren Lustpotenzial geführt hat. Und dieser Vorteil ist mehr als nur ein kleiner Trost. Ich

freue mich darauf, die Ernte dafür einfahren zu dürfen, wenn die Zeit dann einmal gekommen ist.

12. Oktober 2013
Hiiillfffeee! Es ist die Hölle. Ich glaube nicht, dass ich es bis zum Ende meines sexuell aktiven Lebens aushalten werde, auf Berührungen durch fremde Frauenhände zu verzichten. Ich leide darunter in einem Mass, das inzwischen traumatische Dimensionen angenommen hat. Ich fühle die absolute Monsterfrustration in mir. Meine grösste Angst zurzeit ist, diese ultimative Erfahrung nicht mehr erleben zu können, weil mir vorher etwas zustösst. Als gestern nach dem Joggen mein Puls für einige Zeit höher blieb als normal, hatte ich ernsthaft den Gedanken, mit Sport zuzuwarten, bis ich mir meinen Traum erfüllt haben werde.

15. Oktober 2013
Habe heute eine Website entdeckt, die ausschliesslich erotische Massagen anbietet, ohne weitergehende sexuelle Handlungen. Meine Reaktion: Warum denn nicht wenigstens das? Hier könnte ich dann auch mal den Gefühlsverstärker ausprobieren, den ich kürzlich entdeckt habe. Es ist doch ein völliger Blödsinn, auf dieses Mass an Glücksgefühl, auf diese wunderschöne erotische Erfahrung verzichten zu müssen, den grösstmöglichen körperlichen Genuss zu verschmähen. Das kann es doch definitiv nicht sein, unsere Gesellschaft ist in dieser Hinsicht nicht normal.

4. November 2013
Die Ferien auf Gran Canaria waren sehr erholsam. Dass gleich beide Kinder, Lea und Christian, das erste Mal nicht dabei waren, hat mich einerseits etwas mit Wehmut erfüllt. Andererseits waren die Ferien vermutlich gerade dadurch noch entspannter, es kam zu keinen Diskussionen. Die Massage habe ich wieder genossen. Die adrette Spanierin war sehr reizvoll.

Leider hat sie, wie bisher alle Masseurinnen, ausgerechnet den wichtigsten Teil ausgelassen ☺. Diana und ich haben uns über meinen Alzheimer-Witz köstlich amüsiert. Mehr als einmal war ich nahe dran, das Thema Feinmassage wieder mal anzusprechen. Um die gute Stimmung nicht zu gefährden, habe ich es am Ende dann doch nicht getan.

7. Dezember 2013
Mann, war das eine heisse Gesellschaft mit den attraktiven jungen Frauen gestern Abend, als wir im Rondo wieder mal fein Essen gingen. Da war eine schöner als die andere. Es hat mich meinen Frust über unsere Verbotsgesellschaft einmal mehr voll spüren lassen ... Schön wenigstens, dass ich meine Freude an solchen Bildern nicht vor Diana verstecken muss. Die Gesellschaft scheint sie sogar selber ziemlich beeindruckt zu haben.

17. April 2014
Diana und ich gingen gestern zu meinem 52. fein essen. War wie immer sehr schön. Auf dieses Geschenk, das mir ganz besonders gefallen und das sie mir erst in einigen Tagen überreichen würde, bin ich ja mal gespannt ...

21. April 2014 – The Paradise of Touch.
Es war das unfassbarste, mit Abstand aufregendste Wochenende, das ich je erlebt hatte und wie ich es wohl nie wieder erleben werde. Ich muss es möglichst genau niederschreiben, um es festhalten, bewahren zu können. Was ich erfahren durfte, lässt sich nicht überbieten. Dieses Wochenende ist durch nichts zu toppen, und es gibt auch nichts, was auch nur annähernd je wieder an diese Erfahrung wird heran reichen können. Danke, Diana. Bei allem Frust: Dieser grosse Gewinn an Freudenpotenzial sehe ich als eine angemessene Entschädigung für den ewig scheinenden Verzicht. Einziger Wermutstropfen war vielleicht die fehlende Zeit der Einstimmung, der

Vorfreude. Vom herannahenden Glück ein paar Tage vorher zu wissen, wäre aufregend gewesen. Auf der anderen Seite hätte das Ausmass der Vorfreude mit Sicherheit zu einem erheblichen Schlafmanko geführt. Stichwort: Rio. Und wie sehr Übermüdung meine Genussfähigkeit mindern kann, ist ja bekannt.

Nach diesem sehr intimen Einblick in Marcs Gedankenwelt verharrte Diana eine ganze Weile regungslos in ihrem Sessel. Sie wusste nicht, was von beidem nun stärker war. Da war einerseits tiefe Befriedigung, gerade noch rechtzeitig agiert zu haben. Sie war auf Marc zugegangen, hatte den grossen Schritt getan. Sie war in dieser Hinsicht mancher Frau voraus, die immer noch auf ihrem »Besitzanspruch« auf die Genitalien ihres Mannes beharrte. Da war aber auch ihr Gefühl, Marcs Signale in den letzten Jahren nicht genügend wahrgenommen zu haben. Oder vielleicht hatte sie diese nicht wahrnehmen wollen.

Als sie bei seinem Hilfeschrei-Eintrag angekommen war, jammerte es in ihr »Es tut mir soo leid, Marc. Dass es so schlimm, dass der Verzicht derart unerträglich war, wusste ich nicht, konnte ich nicht wissen. Vielleicht wollte ich es auch einfach nicht wissen, aber ich bin eben eine Frau.« Sie tröstete sich mit der Gewissheit, sich nicht in das Fühlen eines Mannes hineinversetzen zu können. Und sie kam zum Schluss, dass sich Frauen von der romantischen Vorstellung verabschieden mussten, die sie sich zurechtgelegt hatten, die ihnen aber vor allem durch die Erziehung, die Kirche, Kulturprodukte und Medien eingehämmert worden waren.

Diana und Marc nahmen ihren Einblick in das Tagebuch zum Anlass, nochmals über alles zu reden – seine Frustrationen, ihre Haltung in früheren Jahren, das Wochenende im Elsass und wie sie mit dem Thema künftig umgehen wollten. Marc konnte ihr dabei ihre Unsicherheiten nehmen. Er zeigte Verständnis für die Sicht der Frau, die es in unserem Kulturkreis sehr schwer hätte, mit diesem Konflikt richtig umzugehen, damit klarzukommen. Und Diana bekam die Antworten zu jenen Tagebucheinträgen, die bei ihr noch Zweifel oder Fragen hervorgerufen hatten.

7
Die neue Qualität einer Beziehung

Diana war Marc dankbar für die Selbstbeschränkung, die er sich in jener Nacht auferlegt hatte. Dies obwohl sie diese Zurückhaltung von ihm weder verlangt noch erwartet hatte. Sie hätte damit gut umgehen können, hätte er diese Freiheit genutzt. Es war wirklich kein Test. Doch sie verstand es als ein besonderes Zeichen der Wertschätzung.

Die beiden fanden ihren Weg. Diana hatte über all die Jahre, vor allem aber seit dem Lesen jenes für sie so entscheidenden Fachbeitrages gelernt, dass es zwar schön war, wenn Liebe und die Lust auf Sex im Gleichklang waren. Doch sie wusste auch, was sie an Marc hatte. Anders als die Mehrzahl der Männer weigerte er sich, die Lebenslüge ein Leben lang mit sich herumzutragen und die Partnerin damit letztlich in einem viel tieferen Sinn zu hintergehen als der Mann, der einen einmaligen Seitensprung beichtet. Marc schätzte sie als Mensch, nicht als Lustobjekt. Natürlich bedauerte sie es, für ihn nicht beides gleichzeitig sein zu können. Doch viel wichtiger war ihr, dass sie sich beide in ihrer Unterschiedlichkeit von Frau und Mann nicht verleugnen mussten und über alles offen reden konnten. Und mit dem Maneva-Abo auf Lebzeiten hatte auch sie den Zugang zu einer neuen Form von Sexualität gefunden, die sie nie mehr missen wollte.

Marc schliesslich bekam die Steigerung, auf die er in jener Nacht so schweren Herzens verzichtet hatte. Nicht nur er, beide gönnten sich ein- oder zweimal im Jahr eine erotische Exklusivität.

Diana und Marc dachten laut darüber nach, rund um ihre Erlebnisse einen Roman zu schreiben. Dies nicht nur, weil diese einem erotisch interessierten Leserkreis gefallen mochten, sondern mehr noch als Beitrag an eine aufgeklärtere Gesellschaft mit weniger Leid und Missverständnissen in Paarbeziehungen. Eva wäre mit dabei. Versteht sich, dürfte die Verbreitung des Massagegedankens auf diese Art doch sicher auch die weitere Entwicklung ihres Unternehmens nicht behindern ...

Das Einzige, was Diana nun noch störte, war, dass sie Marc dessen Geheimnis mit dem Gefühlsverstärker-Trick bei aller Hartnäckigkeit bis zum heutigen Tag nicht hatte entlocken können ...

Das Maneva-Leitbild

1. Wir bieten erotische Berührungen und Erotikmassagen in allen Formen an, die Männer und Frauen sich wünschen. Innovative, kreative Leistungen und die laufende Weiterentwicklung des Angebots haben dabei höchsten Stellenwert.
2. Die erotischen Berührungen sollen insbesondere auch dem Mann in einer festen Beziehung einen Mittelweg zwischen totaler sexueller Freiheit und absoluter Treue ermöglichen.
3. Wir setzen uns enge, klar definierte Grenzen, was das Ausmass der sexuellen Handlungen betrifft. Insbesondere bieten wir keinen Geschlechtsverkehr, keine Berührungen der Intimstelle der Masseurin oder des Masseurs und keine Zungenküsse an.
4. Wir setzen uns dafür ein, dass die erotische Fremdmassage in unserer Kultur zu einem vorbehaltlos anerkannten Teil des Lebens wird. Wir engagieren uns aktiv dafür, die Intimmassage von ihrem Negativ-Image zu befreien, das derselben in unseren Breitengraden anhaftet.
5. Mittels spezieller Aufbauprogramme und Handlungsbegrenzungs-Garantien machen wir es Partnerinnen einfacher möglich, ihrem Partner erotische Berührungen Schritt für Schritt zu ermöglichen.
6. Wir bieten Paaren und Frauen Vorgespräche an, die ihnen Unsicherheiten nehmen und sie an die erotische Dienstleistung heranführen sollen. Auf Wunsch werden diese Gespräche von psychologisch geschulten Personen begleitet.

7. Um erotische Berührungen möglichst allen Schichten zugänglich zu machen, bieten wir auch betont kostengünstige Dienstleistungen an. Dies erreichen wir einerseits durch Leistungen von geringer Dauer, andererseits über die Querfinanzierung durch Dienstleistungen in den gehobenen Klassen.

8. Mittels aktiver Öffentlichkeitsarbeit wollen wir eine vertiefte Auseinandersetzung mit den erotischen Bedürfnissen insbesondere des Mannes, gerade auch in einer festen Partnerschaft, in Gang setzen. An dieser Diskussion sollen sich alle gesellschaftlichen Kreise beteiligen.

9. Unsere Organisation halten wir schlank und effizient. Wir regeln das Sinnvolle und verzichten auf das, was nicht zum Unternehmenserfolg beiträgt.

10. Wir bieten unseren Mitarbeiterinnen und Mitarbeitern moderne Arbeitsbedingungen und eine faire Entlohnung.

11. Offenheit, faires Verhalten, Teamgeist und Zuverlässigkeit haben in unserer Organisation einen hohen Stellenwert. Bei der Rekrutierung der Mitarbeiterinnen und Mitarbeiter legen wir grossen Wert auf charakterliche Integrität und Teamfähigkeit.

12. An unsere Partner stellen wir hohe Anforderungen. Insbesondere dürfen das Leitbild, das Image und die Strategie des Partners unseren Grundsätzen nicht krass widersprechen.

13. Wir engagieren uns ideell und finanziell zugunsten von Frauen, die im Zusammenhang mit Sexualität leiden.

Nachwort

Das Berührungsparadies greift ein Thema auf, das in unserer Gesellschaft auch heute noch weitgehend tabuisiert ist: die scheinbare Ausweglosigkeit des Mannes in fester Partnerschaft, der sich nichts so sehr wünscht wie sexuelle Erfahrungen jenseits der Paarbeziehung. Die Geschichte ist inspiriert durch den inneren Kampf und die sexuelle Frustration eines Mannes in einer langjährigen Beziehung.

Der Roman möchte die kritische Auseinandersetzung der Frau mit ihren eigenen Erfahrungen und Empfindungen im Bereich der sexuellen Treue anregen. Die Geschichte will bei ihr einen Prozess der Reflexion auslösen, der – ein Mindestmass an gesellschaftlicher Toleranz vorausgesetzt –, zu einer allmählichen Öffnung führen kann. Vor allem aber soll der Roman beim weiblichen Teil unserer Gesellschaft zur Einsicht führen, dass die Ursache für gedachte oder gelebte sexuelle Untreue ihres Partners nicht bei ihr liegt. Und der Roman soll als Grundlage für das Gespräch zu zweit dienen.

Das Berührungsparadies richtet sich darüber hinaus auch an die einschlägigen Fachkreise, wie Soziologen, Psychologen und Therapeuten, an Politiker, Theologen sowie an die Medien. Ziel ist es, in unserer Gesellschaft eine offene Diskussion über unsere kirchlich inspirierte sexuelle Verbotsmentalität auszulösen.

Und schliesslich soll der Roman auch Spass machen. Er darf Anregungen für die eigene erotische Welt vermitteln. Und vielleicht löst er bei der einen oder anderen Frau den Wunsch aus, es Diana gleichzutun und ihren Partner zu überraschen ...

All jenen, die sich konstruktiv am »Fine Tuning« des Romans beteiligt haben, gebührt an dieser Stelle ein herzliches Dankeschön. Ein ganz besonderer Dank gilt meiner Frau. Sie ist dem Romanprojekt mit viel Wohlwollen begegnet. Und auch ihre Anregungen als Leserin waren wertvoll.

Autor und Feedback

Der Autor lebt in der Schweiz und publiziert zu verschiedenen Themen im Bereich Mensch und Gesellschaft. Zum Schutz seiner Privatsphäre hat er sich entschieden, für diesen Roman ein Pseudonym zu verwenden. Da die Geschichte auch eine gesellschaftskritische Funktion wahrnehmen soll, möchte er sich dem Dialog jedoch in keiner Weise entziehen.

Wenden Sie sich mit Ihren Fragen oder Anregungen an *beruehrungsparadies@yahoo.com*. Fordern Sie gerne auch den Fachartikel *Schluss mit dem Versteckspiel – Aufklärung der anderen Art* an, der Diana zu ihrem verrückten Einfall inspiriert hat. Vielleicht entwickelt sich daraus ein Dialog, der zur Öffnung unserer Gesellschaft in diesem anspruchsvollen und heiklen Thema beitragen kann.

Ich freue mich auf das Feedback und den Kontakt mit dem Leser.

Herzlich
Theo Reingusch